HEYNE<

DAS BUCH
In der Vorweihnachtszeit gerät selbst der grantigste Münchner in eine friedliche Adventsstimmung. Auch Wilhelm Gossec – hat er doch für seinen Trödelladen ein paar gute Stücke ausfindig gemacht. Auf dem Heimweg begegnet er einem weinenden Riesenmannsbild in Nikolauskluft. Es handelt sich um Viertthaler, den König der Penner, der von einem Altenstift zur Nikolausfeier gebucht wurde. Leider hat er auf dem Weg ein paar Gläschen zu viel getrunken, und jetzt weiß er nicht mehr weiter. Gossec muss diesen Job übernehmen. Nach kurzem Überlegen willigt er ein, und in diesem Moment ist der Advent für ihn gelaufen. Der Ersatznikolaus wird in Bankraub, Kokainhandel und Spendenunterschlagung verwickelt, und mittendrin: Berni Berghammer, Sternekoch, geschäftlicher Tausendsassa, skrupelloses Schlitzohr und Liebling der Münchner Schickeria.

DER AUTOR
Max Bronski, geboren 1964 in München, hat seine Heimatstadt nie verlassen. Nach einem abgebrochenen Theologiestudium hat er sich mit verschiedenen Jobs durchgebracht, gemalt und geschrieben.

LIEFERBARE TITEL
Sister Sox
München Blues

Max Bronski

Schampanninger

Kriminalroman

WILHELM HEYNE VERLAG
MÜNCHEN

FSC
Mix
Produktgruppe aus vorbildlich
bewirtschafteten Wäldern und
anderen kontrollierten Herkünften

Zert.-Nr. SGS-COC-001940
www.fsc.org
© 1996 Forest Stewardship Council

Verlagsgruppe Random House FSC-DEU-0100
Das für dieses Buch verwendete FSC-zertifizierte Papier *Holmen Book Cream*
liefert Holmen Paper, Hallstavik, Schweden.

Vollständige Taschenbuchausgabe 11/2010
Copyright © 2008 by Verlag Antje Kunstmann GmbH, München
Copyright © 2010 dieser Ausgabe
by Wilhelm Heyne Verlag, München,
in der Verlagsgruppe Random House GmbH
Printed in Germany 2010
Umschlaggestaltung: Hauptmann & Kompanie Werbeagentur,
München-Zürich, unter Verwendung eines Fotos von
© Last Resort/Getty Images
Druck und Bindung: GGP Media GmbH, Pößneck
ISBN: 978-3-453-43484-4

www.heyne.de

Wanna fuck you all night long
(Robert Plant)

I wanna make love to you, little girl, twenty five hours a day
(Robert Plant)

Exuberance is beauty
(William Blake)

1

Zuerst machte es heftig Klack, ein derber Handschlag von Kontakt zu Kontakt, den sonst nur alte Eieruhren beherrschten, die ihre Minuten zu Ende gezählt hatten. Dann ging ein Rauschen durch mein Schlafzimmer.

– Guten Morgen, München!

Dieser Gruß kam scheppernd von links unten. Mein Radiowecker. Leicht bedusselt, aber von preußischem Geist beseelt, hatte ich ihn gestern Abend unter das Bett gekickt. Vorsichtshalber, man kannte sich ja.

– Das ist der Weihnachts-Countdown.

Erbarmen! Hatten wir in der guten alten Zeit dafür nicht den Adventskalender? Und jetzt wurde auch noch eine Uschi ins Studio durchgeschaltet. Sie rief den geliebten Heimatsender von ihrem Appartement in Kitzbühel aus an. Ich kroch unters Kissen. Was hatte ich denn da für einen Irrsinn von Frequenz eingestellt? Man glaubte sich durch Erfahrung gewitzt, mied alle Sender, die skrupellos *Jingle Bells* oder *George Michael* abnudelten, und lief dann völlig unvorbereitet in Uschis alpenländische Verbalschwinger, mit denen sie ihrer Freude auf den heutigen Nikolausabend am Kachelofen Ausdruck verlieh. Im Halbschlaf war man vollkommen machtlos und den Bildern dieses schlechten Traums ausgeliefert. Und danach waren solche Uschis ledrig durchgebräunte Blondinen, die wie Schwestern von Hansi Hinterseer aussahen. Ende Oktober stellten diese grünen Witwen ihre Besuche am Gardasee ein. Nach einer kurzen Trauerphase, die um Allerheiligen herum ihr Ende fand, konzentrierten sie sich dann ganz auf Kitzbühel. Das Gute lag so nah, gerade mal ein Stündchen oder weniger entfernt, je nachdem, was vorne unter der Haube steckte. So lange war man früher mit der Tram nach Pasing oder Grünwald kutschiert. Aus Vernunftgründen leistete man sich irgendwann doch das eigene Appartement in den Bergen, denn abends alkoholisiert wieder zurückzufahren wäre verantwortungslos.

Eines Tages waren die Kinder erwachsen und man kannte inzwischen das Speckknödel servierende Personal mit Spitznamen. Also blieb man gerne auch die Woche über dort, zumal die Frau unangefochten ihren Pelz durch die Gassen tragen durfte. Allein das machte das Städtchen einzigartig auf der Welt.

– Kitzbühel, fragte der Moderator. Ist das dieser Vorort von München?

Zu diesem Brüller ließ er die Publikumskonserve johlen. Aber wo war da der Witz? Wenn damit nicht alle Steuervorteile von Uschis Ehemann zunichte würden, hätte man die Eingemeindung in der Tat längst versucht.

Jetzt wurde Uschi auch noch zeckig. Bald sei Schluss mit der Gemütlichkeit. Die Russen würden in Scharen einfallen.

Man kannte diese Leier! Der Tourismus- oder Heimatverband warnte, schließlich waren prügelharte soziale Gegensätze aufgebrochen. Sogar der gut gesäumte Münchner Kaufmann hatte nicht den Hauch einer Chance und fühlte sich regelrecht gemobbt, wenn der Russe den Rubel brutal rollen ließ und für Anoraks in Goldlamé und die elefantenfußgroßen Fellboots gerne auch das Doppelte oder Dreifache hinlegte.

Und jetzt weiter mit der Tiroler Stubenmusi. Nein, endlich

hatte ich das Untier am Schwanz erwischt und zog es zu mir her. Ein Schlag auf den Knopf, und Friede kehrte in meinem Schlafzimmer ein. Teuer erkauft, denn nun war ich glockenwach. Aber das war ja wohl auch der tiefere Sinn dieser ganzen Quälerei.

– Guten Morgen, Gossec.

Gleich nach dem Kaffee war Babsi am Telefon. Ausgerechnet! Sie war eine dieser Beziehungen, die man sich einfing, wenn man angetrunken und von dumpfem Trieb genasführt, partout eine Frau zu Hause abliefern wollte. Natürlich hatte Babsi damals genauso Schlagseite wie ich, aber einer Frau sagte man im Nachhinein nicht, dass sie nur betrunken war. Man nahm den Suff und seine Folgen gefälligst auf die eigene Kappe und bewahrte Haltung, auch wenn man schon am nächsten Morgen ahnte, dass man diesmal die Arschkarte gezogen hatte. Kerle mit seelischer Hornhaut hatten so eine Affäre schon am Mittag danach vergessen, ich trug lebenslang ein schlechtes Gewissen mit mir herum. Das fiel zwar nicht weiter auf, wurde aber ziemlich akut, als sie anrief.

– Hallo Babsi.

Ich wusste ja, dass sie in der Zwischenzeit Mutter geworden war und sich vom Vater ihres Kindes getrennt hatte. Jedenfalls heulte sie mir die Hucke voll, dass ihr unmündiges Kind immer noch auf einer Schaumstoffmatratze schlafen müsse. Dafür konnte ich nun auch nichts.

– Du bist doch Möbelhändler. Könntest du ihr nicht mal ein anständiges Bett besorgen?

Möbelhändler! Ich fühlte mich zwar mehr für Antikschätze und nicht für Gebrauchtmöbel zuständig, aber in diesem Fall konnte man eine Ausnahme machen. Mein Punktestand im goldenen Himmelsbuch würde rasant nach oben schnellen und von den Schuldgefühlen, die mich bedrängten, konnte ich einiges abbauen.

– Ich kümmere mich darum und gebe dir Bescheid, wenn ich was Passendes habe.

Nach diesem rasanten Angang driftete ich in einen beschaulichen Tag. Genau genommen passierte gar nichts. Kein einziger Kunde verirrte sich in meinen Laden, einzelhandelsmäßig war dieser fünfte Dezember ein so kompletter Ausfall, als hätten sie unser ganzes Schlachthofviertel abgeriegelt. Aber die Weisheit des Ostens und ihre Broschüren waren inzwischen auch schon bei einem Trödelhändler wie mir angekommen, und das nicht nur in dem Separatkasten, in dem ich für meine Kunden Buddhistika bereithielt. Diese Weisheit lehrt uns, dass den westlichen Menschen nichts so sehr aufreibt wie die quälenden Gedanken an gestern und morgen. So saß ich also mit großem Gleichmut auf einer bislang unverkäuflichen Chaiselongue und rauchte meine Selbstgedrehten.

Draußen war aber auch einiges geboten. Es schneite den ganzen Tag über. Flocken, dick wie Bettfedern, schwebten so langsam herab, dass man ihre Schneekristalle im Vorbeifliegen durchzählen konnte. Ich hatte es mir hinter meinem Schaufenster wie vor einem Himmelsaquarium bequem gemacht. Langweilig wurde einem da nie. Man guckte hoch, suchte sich ein besonders wohlgeformtes Exemplar aus und verfolgte seinen Weg nach unten, bis es sich in die weiße Bedeckung einfügte. Danach ließ ich mich von einem Wirbel ablenken, von Flocken, die wieder hochgeblasen wurden und scheinbar nie unten ankommen wollten. Zwischendurch widmete ich mich ihrem Formationsflug und machte Mustergucken, wie es die Norweger tun, wenn sie ihre Pullover stricken.

So verging der Tag. Gegen vier Uhr kam mit der Dämmerung eine Knackkälte, die den Zauber zumindest bis morgen konservieren würde. Heute wurden wir Daheimgebliebenen für vieles entschädigt. München präsentierte sich in weißer Pracht, gegen die diese Uschis und ihr Kitzbühel nicht ankamen.

Ich fuhr auf. Die Hirnregion, die für die Regelung des Alltags zuständig ist, gab Alarm. Ein Hausmeisterehepaar mit dem strikten Auftrag, noch dieses Jahr Ordnung zu schaffen, hatte sich auf meine Daueranzeige in der *Süddeutschen Zeitung* hin gemeldet, nach der ich Haushaltsauflösungen durchführe. Ich hatte ihnen zugesichert, das Speicherkabuff in der Klenzestraße in Augenschein zu nehmen, um eine Regelung zur Entsorgung des Altmobiliars zu treffen. Ich sperrte meinen Laden ab und ging zu Fuß hinüber.

Eine gute Viertelstunde später stand ich mit dem Ehepaar Rheinthaler in der Abstellkammer. Er hatte sich einige Nikolaus-Glühweine spendiert und nuschelte so Unverständliches wie der Wind, der durch das Dachfenster pfiff. Sie, die beim Aufstieg zum Speicher von einem ständigen Messingpolier- und Geländerwischzwang heimgesucht wurde, versuchte seinen Halbsuff durch kapohaftes Auftreten zu übertünchen. Wer beim Geschäftemachen derart behindert war, lag immer daneben. Ich gab mich unterwürfig, und so glaubte sie, mich gehörig übers Ohr gehauen zu haben, als sie mich für fünfzig Euro zum Abtransport des ganzen Plunders vergatterte. Ich hätte auch dann noch einen guten Schnitt gemacht, wenn ich die fünfzig Euro meinerseits hätte drauflegen müssen. Ein paar Stücke wie das geschnitzte Zigarrenschränkchen oder der sterbende Wildschütz in Öl warteten nur darauf, in meinem Laden feilgeboten zu werden. Und eine pfenniggute Liege für Babsis Kleine war auch dabei.

Mit einer vorteilhaften Abmachung im Rücken und einem guten Geschäft vor Augen tat sich unsereiner mit dem auf den Augenblick ausgerichteten Leben deutlich leichter. Östliche Weisheit nur nachzubeten war einfach, sie in westliche Anschauungen zu gießen hingegen ziemlich kompliziert. Mein Freund Julius, der sich in meinem Buddhistika-Kasten gerne leihweise bediente, hatte mir gelegentlich erklärt, dass ich mir das mit der Schichtung der Lebenszeiten übereinander wie eine Schnitzelsemmel vorstellen müsse. Vergangenheit und Zukunft seien nur Puffer-, allenfalls Sättigungsmasse für das Eigentliche, den Genuss des Augenblicks, das Schnitzel eben.

Als ich die Geyerstraße erreichte, ging der Mond auf, rund, fett und so platzgreifend voll, dass ich mich am liebsten in die Büsche geschlagen hätte, um ihn wie ein Köter anzuheulen. Bei jedem Schritt knirschte die feste Schneedecke. Man hatte auf dem Gehsteig fürs Erste nur eine schmale Gasse geräumt.

Dann sah ich ihn, ein unvergesslicher Anblick, der mir bis heute eingeprägt geblieben ist. Er saß am Ende der Straße auf einem Türmchen aufeinandergeschichteter Pflastersteine: ein weinender Nikolaus. Wie ein geprügelter Schlosshund winselte und wimmerte er in sich hinein. Dazwischen schnappte er röchelnd so heftig nach Luft, dass es ihm den Kopf in den Nacken riss.

Seinem Kollegen hatte ich noch vor dem *Tengelmann* die weiß behandschuhte Hand geschüttelt und dafür einen Gewürztaler erhalten. Aber der hier war ein anderes Kaliber, ein Mordskerl, nur eben todtraurig. Als ich näher kam, hob er den Kopf.

Jetzt erkannte ich ihn. Unter der Bischofsmaske steckte Lorenz Vierthaler, Häuptling der Penner, Stubenältester im

Obdachlosenheim. Ich hatte mir im Gehen mit klammen Pfoten eine Zigarette gedreht, die ich mir anzünden wollte. Als ich vor Viertthaler stand, unterließ ich es. Ich hätte damit Gefahr für Leib und Leben heraufbeschworen. Die Schnapsaura, die seinen weihnachtlichen Vollbart umwölkte, war so intensiv, dass ich wegen der drohenden Verpuffung darauf verzichtete. Die Flammen hätten von seinen weißen Polyesterhaaren rasch Besitz ergriffen und sie wie einen strohrumgetränkten Zuckerhut über der Feuerzangenbowle abgefieselt.

– Gossec, du musst mir helfen, greinte Vierthaler. Jemand muss rüber ins Altenstift zur Nikolausfeier.

Er stöpselte seine Geschichte zusammen. Kompliziert war sie nicht. Mittags war er als blitzsauberer Bischof Nikolaus vom Carl-Löbe-Heim für Obdachlose losgezogen. Die karitativ gesinnten Schwestern des Josepha-Altenstifts wollten Randständigen eine Chance bieten und hatten ihren Bischof dort bestellt. So weit, so gut, aber Vierthaler war schließlich den vielfältigen Versuchungen der Geyerstraße erlegen.

Die Geyerstraße hat der Teufel gesehen. Sie bildet einen Auslass aus dem Edelviertel Glockenbach hinüber zum Schlachthof, wobei man sinnigerweise die Kapuzinerstraße zu überqueren hat. Dort wäre man am Ziel, wenn man dem Kreuzfeuer von Verlockungen widerstehen könnte, mit dem selbst ein versuchungsgestählter Minderbruder wie der heilige Antonius seine liebe Not gehabt hätte. Am Eingang der Geyerstraße lockt das *Bachstüberl*, in dem man prollig gepflegt ein, zwei Weißbier trinken kann. Zivilisiert verabschiedet man sich, steht dann aber gleich ums Eck vor einem Tag und Nacht offenen Kiosk, wo man sich, weil einem schon wieder knochenkalt ist, einen kurzen Klaren oder einen Underberg im Fläschchen aushändigen lässt. Alle guten Vorsätze kreisen darum, diesmal nicht hineinzugehen, aber wenn man dann vor dem weißblautümeligen *Schluckspecht* steht, gibt sich einem die Klinke wie von selbst in die Hand. Auch dann käme man noch halbwegs unbeschadet über die Straße, wenn nicht noch der *Geier-Horst* auf einen warten würde. Hier fügt man sich in sein Schicksal und gibt sich die Kante. Man hockt hinter einem gelbschlierigen Schaufenster, trinkt Pils oder Weißbier, Eierlikör oder deutschen Weinbrand, je nachdem, ob man ein weiblicher oder männlicher Kunde ist. So ähnlich war es wohl Vierthaler ergangen. Verschärfend kam hinzu, dass er nur Geld holen musste, wenn er welches brauchte. Er ging zweihundert Meter weiter zum *Rewe*, wo er den Leuten die Hand schüttelte und sie um eine Spende für Obdachlose bat. Damit soff er weiter.

Vierthaler hatte sich aufgerichtet und klammerte sich schwankend an mein Revers.

– Gossec, du musst das machen.

Ich war dem Kerl, der mir mit seiner ungesunden Fahne vor dem Gesicht hing, überhaupt nichts schuldig.

– Die lassen mich nie wieder ins Löbe-Heim rein.

Aber das Herumzinseln, ob sich Geben und Nehmen irgendwie die Waage halten, macht dich vollends zum Deppen. Die guten wie die schlechten Taten musst du kraftvoll aus dir heraushauen, sonst bist du dein Leben lang ein Schleicher, der mit seiner geizigen Buchführung Hirn und Herz vergiftet und sich per saldo nie traut, besser oder schlechter als andere zu sein. Wer einen solchen Gedanken geradeaus zu Ende denken kann, hat zweifellos die Statur zum Bischof Nikolaus.

– Zieh die Kutte aus und mach deinen Bart ab.

Vierthaler glotzte mich blöd an, endlich begriff er. Er schälte sich aus seinem Ornat, dann hängte ich das Kostüm an das Verkehrsschild zum Lüften und Ausdünsten.

– Wo sind der Hirtenstab und die Mitra?

Vierthaler deutete auf den *Geier-Horst* und zerrte mich hinter sich her. Drinnen gab es ein großes Hallo unter den Saufbrüdern, als wir die Kneipe betraten. Die waren einer wie der andere austrainierte Kerle, die gut und gern sechs Stunden täglich ihren Arsch in Kneipen platt saßen. Sie hatten alle dieselbe Physiognomie, diese ausgeleierte Säuferfresse mit der gelbbraunen Gesichtshaut, einem Farbton, in dem auch Theke, Stühle, Wände, Vorhänge und Fenster gebeizt waren. Unter dem Gelächter und Gejohle dieser Alkchinesen bestellte ich mir einen Pfefferminztee. Vierthaler bedeutete seinem Freund Horst hinter der Theke mit gönnerhafter Geste, dass alles auf seine Rechnung gehe.

Wir besprühten meinen Bischofsumhang mit einem Fichtennadelspray, weil Nikoläuse in der Regel aus dem Wald und nicht aus der Kneipe kommen, und schließlich war ich so weit. Die Alkchinesenfraktion bescheinigte mir, eine Eins-a-Figur zu machen, und so zog ich los.

2

Schon beim Überqueren der Kapuzinerstraße fasste ich volles Vertrauen zu meiner Maske. Vielleicht wäre es einem Bischof angemessener gewesen, einen Ampelübergang zu benutzen, ich hatte jedoch in alter Gewohnheit die Direttissima genommen. Respektvoll verlangsamten die Autos ihre Geschwindigkeit und winkten mich durch. Um mich noch ein wenig zu sammeln, Zeit genug war zudem, spazierte ich um den Block zur Isar hin.

Die Grünanlagen waren menschenleer, weit und breit war niemand zu sehen, und so entschloss ich mich, meine von Lampenfieber und Kälte angegriffene Blase zu entleeren. Ich stellte mich hinter einen Baum. Aus der dunstigen Dunkelheit der Isarauen schälte sich nach und nach ein Langläufer heraus. Der Sportler kam vom Flaucher in zügigen Skatingschritten und hatte einen Rucksack bei sich. Auch auf der kleinen, wenig befahrenen Sackstraße, die zu den Anlagen führt und mit reichlich Schnee bedeckt war, blieb er auf seinen Skiern.

Am Stadtbach hatte er sein Auto abgestellt. Behände sprang er aus der Bindung, schnallte Ski und Stöcke zusammen, schob sie in den Kofferraum und warf den Rucksack hinterher. Interessiert hatte ich zugesehen, während ich mich wieder einpackte. Nach dem sportlichen begann nun der seltsame Teil dieser Darbietung: Hastig zerrte er Pudelmütze und Skibrille vom Kopf, stopfte beides in die Seitentasche seines Anoraks, zog ihn aus, knüllte ihn zusammen und warf das Bündel in eine Bachabzweigung, die in die Isar hineinstrudelt.

Ich trat hinter den Baum, um nicht bemerkt zu werden.

Aus seinem Wagen holte er eine Jacke, die auf die Entfernung wie ein Seemannszweireiher wirkte, und setzte eine an den Seiten hochgerollte Strickmütze nach Art der Matrosen auf. Dann stieg er ein und fuhr los. Erst im Fahren blendete er das Licht auf, und die Scheinwerfer leuchteten mich für einen kurzen Moment hinter meinem Baum stehend an. Als wäre er erschrocken, trat er auf das Gaspedal. Im Vorbeipreschen erhaschte ich einen kurzen Blick durch das Seitenfenster seines Opels und meinte einen älteren Mann mit buschigen Augenbrauen und einem Schnauzer ausmachen zu können. Die Einfahrt in die Wittelsbacherstraße nahm er mit Anlauf, wahrscheinlich, um nicht anhalten zu müssen. Zwar war dort gestreut, aber der Verkehr hatte schon tiefe Spurrillen gegraben und die Schneedecke aufgebrochen. Er durchpflügte die Schneewellen, riss auf der anderen Straßenseite das Steuer herum, beschleunigte wieder, sodass der Wagen in einem Powerslide herumgezogen wurde. Dann fuhr er stadtauswärts davon.

Was zum Teufel hatte das zu bedeuten?

Kurze Zeit später sah ich klarer. Aus einer einzelnen fernen Polizeisirene waren rasch viele geworden. Schon als ich den Roecklplatz überqueren wollte, geriet ich in eine Gruppe von Beamten, die mich zur Personalfeststellung festhielten.

– Ihren Ausweis bitte!

– Werden jetzt auch schon Bischöfe festgenommen?

Die Jungen waren vollkommen humorlos. Ich musste Bart und Mitra abnehmen, um die Ähnlichkeit mit meinem Passfoto herstellen zu können. Dann gaben sie auch noch meine Daten über Funk durch.

– Was ist denn passiert?

– Dazu dürfen wir nichts sagen. Schauen Sie halt nächster Tage in die Zeitung, sagte der Beamte.

Es ist schon ganz anderen Helden widerfahren, dass sie nicht ans Ziel kommen konnten, weil sie einfach nicht die richtigen Fragen gestellt haben. Man hätte es bei mir ja mal versuchen können! Aber von nichts kommt nichts, ich bin nun mal keiner von denen, die zu sabbern beginnen, wenn sie den Herren von der Funkstreife eine Information stecken könnten.

Zumal als Nikolaus beherrscht man sich und wahrt die

Contenance. Man ist mehr für die guten Taten zuständig und nicht als Krampus unterwegs.

Ich hob grüßend meinen Stab und zog Richtung Josepha-Altenstift los.

3

Schwester Adeodata kam aus der Küche herbeigeeilt, wischte sich im Gehen an der weißen Schürze ab und begrüßte mich. Die Haut ihrer Hände war hart und rissig. Die zehrende Arbeit war ihr auch sonst anzumerken. Leicht gebückt führte sie mich in ihr Büro. Verblüfft sah ich mich um. Der Raum wirkte, als hätte man das Kontor in Puckis Mädchenzimmer verlegt. An der Wand klebten Tierbilder und Postkarten. Wo die Akten in den Regalen Lücken gelassen hatten, waren Figürchen drapiert, vorwiegend Clowns und Putten. Ich setzte mich. Noch bevor ich auf der Sitzfläche angekommen war, zog sie mit rascher Bewegung einen braunen Stoffbären an sich.

– Da haben wir ja noch mal Glück gehabt, nicht wahr, Tim-Bär?

Sie setzte sich den schon etwas räudigen braunen Gesellen auf den Schoß. Ich musterte sie. Ihr Gesicht war durch die Haube wie in einen Rahmen gespannt. Welcher Pegelstand geistiger Gesundheit bei ihr anzusetzen war, erschloss sich einem Außenstehenden nicht auf Anhieb. Dann klingelte jedoch das Telefon, und Adeodata gab eine eindrucksvolle Probe ihrer Lebenstüchtigkeit. Ihr Ton wurde geschäftsmäßig, die Rechte klickerte währenddessen über die Computertastatur. Wer das so locker rüberbrachte, hatte allenfalls einen leichten Sprung in der Schüssel. Sie war zwar schon etwas runzlig, aber ihre Augen strahlten fast jugendlich klar. Damit war auch ihr Wesen bezeichnet. Beim Arbeiten konnte sie tüchtig hinlangen, ansonsten pflegte sie eine juvenile Mädchenhaftigkeit.

– Wie viele werden es denn heute Abend sein?
– Sicher neunundneunzighundert.
– Wie viel?

Schwester Adeodata stimmte etwas an, was vor gut dreißig Jahren einmal ein glöckchenhelles Lachen gewesen war. Schalkhaft bog sie ihren Oberkörper zurück. Einem testosterongesättigten Kerl wie mir ging diese Jungmädchentour ziemlich auf den Senkel.

– Ich sag das immer so, wenn es ganz, ganz viele sind.

Du meine Güte, musste sie denn alles in ihrer kindlichen Teddybären-Sprache ausdrücken? Was für ein Glück, dass Vierthaler ausgefallen war. Spätestens jetzt hätte er auf dem Absatz kehrtgemacht und wäre wieder im Stübchen eingecheckt. Sie reichte mir ein eng beschriebenes Blatt.

– Fürs goldene Buch, sagte sie.

Die Sündenliste also. Frau Bierlein sagte schlimme Namen zu Frau Puchner. Frau Gratzl wollte nie ihre Schokolade teilen. Frau Michelsteiner wurde beim Origamifalten so grantig, dass sie den Storch ihrer Nachbarin zerknüllte. Undsoweiter undsoweiter. Hin und wieder Delikte, mit denen auch unsereiner etwas anfangen konnte, wie, dass Frau Steinle ihrer Mitbewohnerin ständig den Cognac wegtrank.

– Und Männer gibt es keine hier, fragte ich.

Schwester Adeodata lachte scheppernd wie ein Klingelbeutel.

– Mit den Männern haben wir es hier nicht so.

Dann legte sie mir ihre verwitterte Hand auf den Unterarm.

– Aber ein paar gibt es schon. Und natürlich den Herrn Pfarrer.

– Aha. Gehört der auch dazu?

Sie sah mich strafend an. Gerne hätte ich noch weiter gestichelt, aber man soll in Gegenwart gelebter Keuschheitsgelübde nicht herumledern. Ich sparte mir deshalb den Einwand, dass es ihr gar nicht erlaubt war, sich den Herrn Pfarrer als Mann vorzustellen, denn das wäre nichts weniger als Unkeuschheit in Gedanken gewesen. Sünde eben.

– Kommen Sie, sagte sie. Es ist Zeit.

Bühne frei, dachte ich. Hinterher würde ich Frau Steinle um einen Cognac anhauen.

Das Tagescafé des Heims war voll besetzt. Auch einige Pflegefälle hatte man nach unten geschafft, ihr Tisch vermittelte der vielen Infusionsständer wegen den Eindruck eines Jachthafens. In der Mitte dominierte ein munterer Kern von gut erhaltenen alten Damen, die beim Glühwein vor sich hin schickerten. Die Bademantelfraktion war spärlich präsent, aber ihre ausgemergelt-bleichen Gesichter mit tiefen Backenhöhlen und halb offenen Mündern machten mir ein ziemlich mulmiges Gefühl. Gemessenen Schritts ging ich nach vorne, nickte und grüßte nach links und rechts, wo sich einige bekreuzigten. Auf einem Podest war ein Stuhl für mich bereitgestellt, während ich mich setzte, hob Schwester Adeodata die Flügel meines Ornats über die Lehne. Die Frau hatte reichlich *urbi et orbi* im Fernsehen gesehen. Ich gab ihr meinen Hirtenstab, öffnete das goldene Buch und blickte in die gespannte Runde.

– Bin ich hier richtig im Heim für schwer erziehbare Mädchen?

Damit hatte ich schon zu Anfang einen absoluten Volltreffer gelandet. Erst war nur so ein abgeklemmtes Gickern zu hören, schließlich wurde ein immer noch respektvoll verhaltenes Kichern daraus, das endlich zu einem heftigen Gelächter anschwoll. Mein Vortrag nahm Fahrt auf. Ich beschuldigte Schwester Adeodata des Schnapsdiebstahls, untersagte künftig Herrenbesuche und Partys auf den Zimmern, beklagte mich über die Sauklaue der Engel im goldenen Buch und verkündete, dass der Himmel dem Tagescafé eine dauerhafte Lizenz zum Bierausschank erteilt habe. Manches war sicher ein wenig derb, aber vieles ging in dem Kreischen und Johlen der Versammlung unter. Jedenfalls blickte ich in von Lachtränen feuchte Augen und auf immer röter werdende Bäckchen. Das eine oder andere ging bei dem Lachdruck sicher auch in die Hosen. Jedenfalls hatte ich den Eindruck, dass es unter der Glühweinwolke zunehmend mehr nach Pisse roch. Zum Schluss sangen wir alle noch aus voller Kehle das Nikolauslied, dass man froh und munter sein und sich von Herzen freuen möge. Endlich zog ich ab. Den Auftritt würden die Mädels nicht so schnell vergessen.

Draußen wartete Adeodata auf mich. Jetzt würde ich meine Abreibung kriegen. Und einen Kirchenbann vom Herrn Pfarrer.

Aber nichts dergleichen!

– Super, sagte sie. Absolut super.

Diese Frau hatte doch Stil.

– Neunundneunzighundert von hundert Punkten, fragte ich.

– Mindestens.

4

Schwester Adeodata schleppte mich wieder in ihr Pucki-Büro und schickte sich an, die Geldkassette aufzuschließen. Ich winkte ab.

– Lassen Sie's gut sein. Das Vergnügen war ganz auf meiner Seite.

Erstaunt hob sie ihre Brauen. Aber auch ich bin hin und wieder für eine Überraschung gut. Erst später verstand ich, dass ich damit nur einen Test bestanden hatte. Sie setzte sich und zog die Schublade ihres Schreibtischs auf.

– Dann habe ich etwas ganz Besonderes für Sie!

In Vorfreude gickelnd überreichte sie mir ein Briefkuvert. Erwartungsvoll sah sie mich an.

– Sie dürfen es ruhig aufmachen.

Sie legte ihre verwitterten Hände in Schürzentaschenhöhe übereinander und beobachtete mich genau. Ich riss den Umschlag auf und zog eine goldgeprägte Karte heraus.

– Donnerwetter!

Es handelte sich um eine Einladung für Heiligabend. Unser Herr Kardinal, der Erzbischof von München und Freising, bat mich höchstpersönlich in seine Residenz zu einer, wie er scherzhaft schrieb, Bischofskonferenz für ehrenamtliche Nikoläuse. In Schwester Adeodatas Gesicht zog Andacht auf.

– Ich darf ja leider nicht mit dabei sein!

– Da bleiben wir Männer lieber unter uns, erwiderte ich.

Wenn das meine Mutter noch hätte miterleben können! Eine solche Einladung zum Herrn Kardinal hätte ihr den Glauben an meine Zukunft wiedergegeben. Dieses Papier war es wert, mit ins Jenseits hinübergeschmuggelt zu werden. Dann konnte sie wenigstens mal einen kurzen Blick darauf werfen. Ich legte den Umschlag in das goldene Buch und schickte mich an zu gehen.

Jemand klopfte an die Tür. Ein unrasierter Mensch streckte seinen Kopf herein.

– Taxi, bullerte er.

Ich schaute Adeodata fragend an, sie schüttelte den Kopf.

– Für den Nikolaus, ergänzte der Fahrer.

– Brauche ich nicht. Ich gehe zu Fuß.

– Zum Weißbräu in die Stadt? Das ist doch viel zu weit!

– Was mache ich denn beim Weißbräu?

– Ihr nächster Auftritt, Meister. Die bedürftigen Münchner.

Vierthaler hatte mir wohlweislich verschwiegen, dass mein Gig noch weitergehen sollte. Ich fügte mich murrend und ließ mich hinausgeleiten. Auf dem Gang begegnete uns eine Schar immer noch animierter Damen, die im Tagescafé Glühwein nachgelegt hatten. Kokett winkten sie zu mir her. In ihrem Schlepptau hatten sie einen recht gut erhaltenen Herrn mit elastischem Gang und der schon etwas überständigen Virilität des späten Viktor de Kowa. Er trug Halstuch und einen Blazer mit Goldknöpfen. Ich winkte zurück und stieg in das Taxi.

Der Fahrer verstaute meinen Stab im Kofferraum und warf die Klappe geräuschvoll zu. Dann legte er einen so beherzten Start hin, dass das Heck zur Seite driftete. Ich drehte mich noch einmal um und nun wurde mir klar, dass ich so einen Schnäuzer und die buschigen Augenbrauen heute schon einmal gesehen hatte. Vielleicht oder wahrscheinlich? Ich würde es herausbekommen.

5

Der Fahrer setzte mich ab.
– Wer zahlt, fragte ich.
Er deutete wortlos auf eines der vor dem Weißbräu aufgestellten Plakate. Der Nikolaus auf Dienstfahrt wurde freigehalten. Von der Eventagentur Bossert offenbar, die, wie zu lesen war, solchen Veranstaltungen die organisatorische Geschmeidigkeit gab. Außerdem machte mir der Aushang sofort klar, was heute Abend gespielt wurde: Zu Nikolaus wurden vierhundert Hendl an vierhundert bedürftige Münchner ausgegeben. Eingeladen hatte der Verein *Lux in tenebris*, der Charityveranstaltungen organisierte und bei Promis Geld baggerte. Eine fesche junge Bedienung nahm mich in Empfang.
– Ich bringe Sie zum Chef.
Sie führte mich in die Küche. Dort war eine ziemliche Brüllerei im Gange, genau genommen brüllte nur einer: der Chef. Er hielt eine letzte Ansprache an seinen versammelten Küchentrupp, so folkloristisch-frontal, als hätte er seine Murnauer Jägertruppe in die Schlacht zu schicken. Er wies ihnen einen fertig konfektionierten Teller.
– Hendl, Kartoffelsalat, ein bissel Radieserl zwischenrein und Petersil drüber. Eins nach dem anderen, jeder muss Vollgas geben, sonst kommen wir nie durch mit den vierhundert Leuten. Zack zack auf die Teller! Und dann nix wie raus, aber im Schweinsgalopp.
Er schaute noch einmal in die Gesichter seiner Männer.
– Alles klar, oder?

Er drehte sich um, und nun stand ich vor Berni Berghammer.

– Ja Suserl, wen bringst uns denn da?

– Den Nikolo, sagte Susi auf gut Bayerisch.

So unkundig konnte sich niemand geben und behaupten, er habe noch nie Notiz von Berni Berghammer genommen. Praktisch jede Woche stand etwas über ihn in einem der Münchner Blätter zu lesen. Berni, den großen BB, dessen Initialen auf dem Revers seiner Kochkittel eingestickt waren, konnte man weder überhören noch übersehen. Er kochte in Funk und Fernsehen, verfasste Bücher, dirigierte ein halbes Dutzend Lokale in München, war Wiesnwirt, flog im Hubschrauber zu Abendveranstaltungen solventer Kundschaft, für die er gebucht worden war, oder organisierte kulinarische Events drinnen, draußen oder droben, aber nie drunten in Österreich, weil die ihre eigenen Köche haben. Zwischendrin erfand er Marzipanstollen-Gefrorenes mit Zimtschaumhäubchen und Feigenkompott und ließ sich im Naturtausch für eine zünftige bayerische Wurstkesselparty beim Schönheitschirurgen Pfandler von demselben die vom vielen Zwiebelschneiden angeschwollenen Tränensäcke entfernen.

Im Spätsommer hatte ich ihn sogar selbst erlebt, als man ihm auf dem Viktualienmarkt ein Zelt aus leuchtend weißen Planen aufgebaut hatte, um eine große Werbeaktion zu starten, durch die *Schampanninger mit Ingwerwürferl* zum neuen bayerischen Volksgetränk gemacht werden sollte. Berni krallte sich aus dem Publikum einen rundlichen, grauhaarigen Anzugträger mit Hornbrille und Aktentasche. Dieser hatte Anstalten gemacht, sich durch die umstehende Menge nach hinten zu verdrücken. Berni erwischte ihn noch am Kragen, zog ihn zu sich her und legte seinen Arm um ihn.

– Pass auf, Vati, sagte Berni. Beim Schampanninger kannst sogar du als Behördenhengst loslassen. Da wirst du innerlich vollkommen heiter und gelassen. Und der Ingwer dazu macht dich absolut klar. Der zündet auch im dümmsten Schädel ein Lichtlein an! Und für die Leber ist der sowieso gut, da haut es dir das ganze Gift und die Schlacken raus. Die Mischung ist der absolute Kracher, das musst du probieren!

Unter Johlen und Beifall überreichte er ihm ein Glas.
– Der Nikolo!
Berni klopfte mir patschend auf die Schulter.
– Alles klar, oder?

Menschen, die gewohnt sind, dass sich ihr Wille drahtlos auf andere überträgt, wollen darauf keine Antwort. Auch bei Berni handelte es sich um eine Feststellung. Ich sah ihn an. Er war ein großes, massiges Mannsbild mit langen, schon schütteren schwarzen Haaren, die er hinten mit einem Gummi zusammengebunden trug.

– Magst auch ein Hendl?
Ich nickte.
– Dann setzt du dich einfach zu mir in die Stube rüber. Die Susi bringt es dir.

Kurz darauf hockte ich in dem Stube genannten Büro von Berghammer am Tisch und hatte ein Hendl mit Kartoffelsalat und eine Halbe Bier vor mir. Offenbar war heute Abend auch maßvoller Alkoholausschank an Bedürftige vorgesehen.

Berni kam herein, wischte sich die Hände an seiner Schürze ab und ordnete seinen verklebten Haarpuschel. Vielleicht konnte er sich da hinten von Dr. Pfandler gelegentlich einen Gamsbart implantieren lassen.

– Nur dass du weißt, wie es läuft. Du sagst ein paar nette Worte zum Verein und so …

Er ging zur Tür zurück und schrie nach draußen.
- Wo ist denn der Maillinger?
Die Auskunft fiel offenbar unbefriedigend aus, jedenfalls schmetterte er die Tür zu.
- Gerade war er noch da. Hast du den gesehen?
Ich schüttelte den Kopf.
- Herrgott, wo sind denn die Unterlagen wieder? Er sollte dir doch was zusammenstellen.
Susi streckte ihren Kopf zur Tür herein.
- Drüben ist wieder was an der Lautsprecheranlage kaputt. Er muss noch mal kurz weg, hat der Maillinger gesagt.
- In die haben wir doch erst neulich einen Haufen Geld hineinrepariert, maulte Berni.
Susi zuckte die Achseln und verschwand wieder.
- Um jeden Schmarren musst du dich hier selber kümmern.
Cholerisch gab Berni dem Schreibtischstuhl einen Tritt. Dann durchwühlte er die Ablage und die Schubladen. Endlich wurde er in einer ledernen Aktentasche fündig.
- Da ist es ja.
Er warf mir einen Schnellhefter mit ein paar Blättern hin.
- Da steht alles drauf. Fürs goldene Buch, weißt schon? Brauchst nur ablesen. Und nachher gibst jedem noch ein Geschenk, so ein Nikolauspackerl. Alles klar, oder?
Weg war er. Ich schaute mir die Blätter an. Der Honigseim einer Imagebroschüre würde mir nicht über die Lippen kommen. Und die hingekrakelte Zusammenstellung, wie viel der Verein eingenommen und wie klug er das angelegt hatte, interessierte auch keinen bedürftigen Hendlesser. Trotzdem legte ich alles in mein goldenes Buch.

6

Eigentlich hätte ja Oberbürgermeister Ude den Redepart übernehmen sollen, aber wahrscheinlich machte der lieber den Nikolaus für seine Kinder und Enkelkinder. Dafür habe, so Berni, das Büro des OB für die traditionelle Veranstaltung an Heiligabend fest zugesagt. Auch hier waren bedürftige Münchner zum Essen eingeladen. Im Anschluss daran fand eine Bescherung statt.

Nebenan füllte sich der Saal hörbar rasch. Ich notierte mir noch ein paar Formulierungen und versuchte mich ansonsten in der aufkommenden Hektik auf meinen Auftritt zu konzentrieren. Ein hagerer kleiner Mann im grauen Trachtenanzug und mit grünem Binder um den Hals stürmte herein.

– Tut mir leid. Aber heute geht wieder alles schief.

Erstaunt sah ich ihn an.

– Maillinger, sagte er und reichte mir die Hand.

Maillinger hatte hektische rote Flecken im Gesicht. Das Schwarz seines Haarkranzes und seines Oberlippenbärtchens war aus der Tüte und von einer so wuchtigen transsilvanischen Intensität, die aus jeder Möwe einen Raben gemacht hätte.

– Ich habe gehört, Sie haben schon alles, was Sie brauchen?

Ich nickte, und da er keine Anstalten machte, mich alleine zu lassen, fügte ich noch Bernis Losung an.

– Alles klar!

– Super.

Er klemmte sich die lederne Aktentasche unter den Arm und zog erleichtert ab.

Bis dahin war meine Bekanntschaft mit Maillinger der

eher gleichgültigen Art, aber das sollte sich gründlich ändern. Von draußen hörte ich bald darauf ein Schimpfen und Schreien. Dann betrat Maillinger nochmals den Raum. Er blieb mit ausgestreckten Armen in der Türfüllung stehen, als wollte er meine Flucht verhindern.

– Was gibt es, fragte ich.

– Sie haben in meinen Papieren gewühlt, stellte er fest.

Sein Blick flackerte hysterisch, sein Ton war unverschämt. Ich blieb dennoch friedlich.

– Nur der Chef, antwortete ich.

Er deutete mit dem Kopf auf den Schreibtisch.

– Aber warum ist dann hier alles durcheinandergeworfen?

Ich bremste meinen aufkommenden Ärger herunter und zuckte nur die Achseln. Das brachte ihn erst recht auf die Palme. Mit aufgerissenen Augen starrte er mich an.

– Du bist doch einer aus dem Löbe-Heim?

Auf diese Frage wollte ich um Vierthalers willen nicht antworten.

– Da wärst du nicht der Erste, der klaut.

Jetzt wurde es mir doch zu bunt. Ich packte ihn an seinem jägergrünen Binder und schleppte ihn zum Telefon.

– Vorschlag, Freund: Dann rufst du doch einfach die Polizei an, dass sie den Fall klärt.

Unschlüssig stand er da.

– Ich will nur deine Taschen sehen.

Ich gab ihm einen Stoß vor die Brust.

– Du nicht! Entweder du rufst jetzt die Polizei oder verschwindest augenblicklich.

Er atmete schwer, konnte sich aber nicht zu dem Telefonat durchringen.

– Was bildet ihr euch eigentlich ein? Mein Hendl und mein

Bier kann ich mir auch selber zahlen, für eure Almosen muss ich hier nicht als Nikolaus und Grußaugust antreten. Wenn du jetzt nicht zu stänkern aufhörst, werde ich pelzig. Haben wir uns jetzt?

Susi schaute herein. Sie merkte sofort, dass es Krach gegeben hatte.

– Es geht los, sagte sie mit leicht piepsiger Stimme.

Maillinger drehte sich abrupt um und verschwand aus dem Zimmer. Am liebsten hätte ich alles hingeworfen, aber Susi fasste mich vorsichtig am Unterarm und begann zu ziehen.

– Jetzt kommen Sie bitte. Ohne Nikolaus kriegen wir doch einen Riesenärger da drüben.

Ich folgte ihr widerwillig.

Nebenan waren vierhundert Hendl den Weg alles Irdischen gegangen, und ich betrat pünktlich zum Nachtisch den Raum, genauer gesagt: die Bühne, auf der sonst volkstümliche Unterhaltung von Zitherseppen und Dirndlannamirlen geboten war. Ich stand oben und versuchte durch gemessene Grußbewegungen ins Publikum hinein noch ein wenig Zeit zu gewinnen, um durchschnaufen und mich sammeln zu können. Musste man sich denn so ein Arschloch auf den Hals hetzen lassen?

Beifall kam auf, die Gespräche verstummten, nur das Klappern der Löffel in den Puddingschälchen war noch zu hören. Ich orientierte mich. Man hatte gut eingeheizt, die abgestandenen Klamotten und die verabreichte Vollmahlzeit hatten auch das Ihre getan, sodass mit dem strengen, schweißigen Dunst ein Geruch unter der Decke stand, der mich an die Eselssalami erinnerte, die mir einst ein zahnloser, damals noch jugoslawischer Hirte auf den Teller gesäbelt hatte.

Als ich das goldene Buch vorne am Pult öffnete, wäre beinahe ein Briefchen auf den Boden gefallen, das zwischen Bernis Blättern steckte. Ich fing es mit der Hand auf und schob es in meinen Ärmel. So wurde der Beginn holprig, und was folgte war, ehrlich gesagt, oberscheiße. Heute würde ich mir eher die Zunge abbeißen. Aber Pennerwitze durfte ich nicht erzählen, Oberbürgermeister und entsprechend redegewandt war man auch nicht, also raspelte ich etwas herunter von Münchner Originalen wie Berni Berghammer, dank derer es einem um unser schönes München nicht bange sein müsse. Der Verein habe einiges an Geld aufgebracht und gut angelegt. Das riss keinen vom Hocker. Wenigstens war ich gegen Ende noch zu einer spontanen Einlage fähig, weil mich dann doch der Ehrgeiz packte, nicht als kompletter Depp mit hängendem Kopf von der Bühne schleichen zu müssen. Da auch ich *urbi et orbi* schon des Öfteren gesehen hatte, gelang mir dieser versöhnliche Abschluss mit meinem Papstnachbau, indem ich in immerhin fünf Sprachen *gesegnete Festtage* wünschen konnte. Das kam gut an.

– Hat doch gepasst, spendete mir Susi, die mich hinter der Bühne in Empfang nahm, verhaltenes Lob.

Ich übergab ihr das goldene Buch und meinen Stab und stellte mich anschließend an den Ausgang, wo ich jedem, der den Saal verließ, noch ein Päckchen in die Hand drückte. Bei dieser mechanischen und stocklangweiligen Tätigkeit ordneten sich schlagartig die seltsamen Vorkommnisse dieses Abends zu einem klaren Bild. Kurzzeitig trübte sich meine Logik nochmals, als Vierthaler, gestützt von seinen Alkchinesen heranschwankte. Da war dann doch der Ofen aus! Dass er sich ein Gratishendl abholte, mochte ja noch angehen, aber dass er bei seinem Stellvertreter ein Geschenk abschnorren wollte, nicht mehr.

– Verpiss dich, du alter Suffkopp!
– Tschuldigung, lallte Vierthaler. Ich wollte ja nur…
Er ruderte wie ein Windmühlendarsteller mit den Armen. Am liebsten hätte ich ihn in den Arsch getreten.

7

Es war spät geworden, inzwischen ging es auf zwölf. Ich hatte einen kompletten Arbeitstag als Nikolaus hinter mich gebracht, war eigentlich hundemüde und wäre gerne nach Hause gegangen. Aber es gab noch etwas zu erledigen. In einer unbeobachteten Ecke zog ich das Briefchen aus dem Ärmel. Das gelbliche Papier fühlte sich an, als sei es mit einer leichten Wachsschicht überzogen. Drinnen befand sich ein weißes Pulver. Ich zerrieb eine kleine Menge zwischen meinen Fingerspitzen. Die Kristalle schmolzen und fühlten sich ölig an. Jetzt gab es keinen Zweifel mehr.

Ich suchte Berni, um ihn zur Rede zu stellen. Der Einzige, der mir über den Weg lief, war der Schankkellner in seiner Lederschürze, der die Fässer austauschte. Seiner Statur und seinen Pranken nach konnte der in jedem Bauerntheater den Schmied von Kochel geben. Meine Frage nach Berni beantwortete er mit einem aus den Untiefen seiner Brust kommenden Knurren, mit dem er ausdrücken wollte, dass er es nicht wisse, es ihn sowieso noch nie interessiert habe und wenn ein Depp wie ich ihn fragte schon dreimal nicht.

– Ist schon recht, sagte ich.

Ich ging den Gang hinunter und drückte vorsichtig die halb offene Tür zu seiner Stube auf. Berni hatte sich Susi, seine Lieblingsbedienung, gegriffen und versuchte, ihr mit einer Hand unter den Rock zu fassen, und hielt sie mit der anderen an sich gepresst. Susi schob ihn weg. Berni protestierte.

– Jetzt komm, geh her da!

Wahrscheinlich hatte dieser alte Saubär zu wenig Ingwerwürfel in seinem Schampanninger gehabt, klar im Hirn war er jedenfalls nicht mehr.

– Lass das. Ich mag nicht.
– Hey, Berni, rief ich.

Susi ging auf Distanz, strich ihr Dienstdirndl glatt und lief mit hochrotem Kopf an mir vorbei.

– Was willst du denn noch, raunzte Berni.
– Mit dir reden.

Ich hielt das Tütchen hoch.

– Darüber.
– Was soll das sein?
– War bei den Unterlagen, die du mir gegeben hast: Koks.
– Schmarren!

Dann tat es einen fürchterlichen Schlag. In Bernis Gesicht spiegelte sich unbändiges Triumphgefühl, schließlich blähte es sich zu einem höhnisch grinsenden Ballon, der über mir hing. Gleich würde er platzen. Seine groteske Fresse wurde zum Abschiedsbild, mit dem ich mich für längere Zeit aus dieser Welt verabschiedete. Bis zuletzt wehrte ich mich gegen die schmerzhafte Gewissheit, dass man mir mit einem Trumm aus Holz eins über den Schädel gezogen hatte. Das muss der Bierschlegel gewesen sein, folgerte ich. Maillinger? Oder der grobschlächtige Schankkellner? Mit diesen letzten Gedanken waren alle Lichter ausgeknipst.

Ich wachte auf, weil ich fror. Orientierung hatte ich kaum, aber wenn ich es halbwegs richtig einschätzte, hatte man mich in den Keller in einen Vorratsraum gebracht. In Regalen waren Lebensmittel gestapelt, in Eisschränken und Kühltruhen Getränke und Fleisch. Mir war hundeelend zumute, mein Kopf schmerzte. Die Perücke hatte sich mit Blut vollgesogen, aber Gott sei Dank hatte ich sie aufgehabt, der Schlag hätte mich sonst ungebremst getroffen. Selten genug, aber in dieser Verfassung war ich außerstande, mich noch mit irgendjemandem herumzuprügeln. Deshalb hatte ich nur die Chance, über das Fenster nach draußen zu entkommen. Allerdings war die Luke so weit oben unter der Decke, dass ich eine Kühltruhe heranrollen musste, um sie zu erreichen. Aber auch das brachte mich nicht weiter, der Fenstergriff war durch ein Schloss gesichert. Ich stieg von der Truhe. Die kleinste Bewegung meines lädierten Schädels bereitete mir höllische Schmerzen. Schon meine Mutter sagte gerne, ich sei zäh wie Juchtenleder, aber jetzt hätte ich weinen mögen. Oder verzweifeln. In diesem Zustand ist man zu allem fähig, was Besserung verspricht. Mit zwei Schweinshaxen aus der Truhe warf ich das Glas ein und schlug die Reste mit einem Rehschlegel heraus. Nun zwängte ich mich nach oben durch ins Freie. Ich stolperte durch die enge Gasse Richtung Tal.

Wie ich das in meiner Verfassung bewerkstelligen konnte, bleibt rätselhaft. Sicher ist, dass ich irgendwie auf dem Rücksitz eines Taxis anlangte, dann gingen zum zweiten Mal an diesem Tag alle Lichter aus. Diesmal für länger.

8

Was ich über die Zeit danach weiß, musste ich mir später mit der Hilfe anderer mühsam erarbeiten: Zwei Tage lag ich in einem abgedunkelten Zimmer in der Chirurgie und dämmerte vor mich hin. Danach begann eine Phase, in der ich zwar sah, hörte und fühlte, in der ich aber außerstande war zu verstehen, was es damit auf sich hatte. Normalerweise galten die letzte Sorge beim Einschlafen und die erste beim Aufwachen meinem Laden. Nun war er mir abhandengekommen, ich wusste nichts mehr von ihm. Mir war wie einem Karpfen zumute, den sie abgefischt, auf den Kopf gehauen und dann doch wieder in die trübe Brühe zurückgeworfen hatten. Als sich die dichten Nebelschleier vor meinem inneren Auge zu lichten begannen, saß ein dicker Mann an meinem Bett, der angefangen hatte, das Nachtischkompott frisch aus den Vorratskatakomben des Krankenhauses auszulöffeln, das mir offenbar irgendeine Schwester fürsorglicherweise auf den fahrbaren Tisch gestellt hatte.

– Was machen Sie hier?

Der Dicke wischte sich ungelenk über den Mund und schluckte das Kompott hinunter, bevor er antwortete.

– Ich bin es doch, dein Freund Julius.

Den ersten Blick auf ihn habe ich nicht vergessen. Man liebte seine Freunde, man hasste sie auch mal, sie wurden einem lästig oder bereiteten einem Freude, egal was, man bewegte sich in der Beziehung zu ihnen wie in einem Raum, den man gemeinsam eingerichtet hatte. Jetzt guckte ich diesen Menschen an und versuchte mir selbst eine Antwort auf die

Frage zu geben, wer ich denn war, wenn ich so einen zum Freund hatte.

Auf einem weiteren Stuhl stand ein leerer Teller, auf dem sich eines dieser linden Frikassees befunden haben mochte, mit denen Kranke gepäppelt wurden. Mein Freund Julius war also ein hungriger Mensch, für den das Meine so gut wie das Seine war. Er stellte das Kompottschälchen zu dem anderen Geschirr. Meine geistige Absenz focht ihn nicht an.

– Mann, Gossec, was hast du nur angestellt? Was glaubst du, was wir uns Sorgen gemacht haben!

Weder wusste ich, was ich angestellt hatte noch was mir widerfahren war. Das Wort Sorge allerdings ließ etwas in mir aufsteigen, ein erstes Bild erfüllte mein gequältes Hirn, ein unappetitliches Etwas, das sich zunächst als Schnitzelsemmel und dann als verfehltes Gleichnis entpuppte. Die Sache mit der Hingabe an den Augenblick, das wusste ich jetzt, war ganz großer Blödsinn. Was mich in meinem Zustand noch viel mehr umtrieb, waren die Fragen nach meiner Vergangenheit und meiner Zukunft: Woher komme ich? Wohin gehe ich?

Julius beobachtete mich mit gespannter Sorge.

– Emma wartet auf deinen Anruf, setzte er nach.

– Wer ist Emma?

Julius schaute mich so leer und blöd wie ein gebrühter Kalbskopf an. Ich war daher sicher, dass sich spätestens jetzt die Sache mit unserer Freundschaft als Irrtum herausstellen würde.

– Emma ist seit fast zwei Jahren deine Freundin.

Seine Miene verriet mir, dass ich mit ihr offenbar einen guten Fang gemacht hatte.

– Warum ist sie dann nicht hier?

Emma sei Halbitalienerin und halte sich gerade in Messina

auf, wo sie ihre Mutter zu pflegen habe. Tagelang habe sie versucht, mich telefonisch zu erreichen. Endlich habe sie dann in größter Sorge ihn verständigt, er möge sich auf die Suche nach mir machen.

– Ich war gestern schon da, ergänzte Julius.

Ich streckte die Hand aus.

– Wähle mir doch bitte die Nummer.

Julius zog das Handy aus der Hosentasche und gehorchte. Am anderen Ende meldete sich Emma. Ich hörte ihre Stimme, erkannte sie als vertraute und hatte sofort das Gefühl, dass es gut war, sie zur Freundin zu haben.

– Emma, bitte kein lautes Wort und keine hohen Töne, ja?

Ich erzählte ihr, dass ich seit ein paar Tagen im Krankenhaus läge. Wie es dazu gekommen sei, könne ich ihr im Moment selbst noch nicht sagen.

– Schädelverletzung, rief Julius von der Seite. Schwere Gehirnerschütterung mit retrograder Amnesie. Pflastersturz.

– Hast du gehört, Emma?

Beruhigend sprach sie auf mich ein. Ich sicherte ihr alles zu, was sie hören wollte, und sagte unentwegt Ja. Damit hatte ich das bestmöglich hinter mich gebracht.

Anschließend ließ ich mich von Julius mit einigen Grunddaten versorgen, die der Mensch braucht, um zu wissen, dass er in der Welt ist, Ort, Uhrzeit und Datum vor allem. Dann bat ich ihn, im Schrank nach meiner Kleidung zu sehen, um abschätzen zu können, ob mich die Verletzung bei der Arbeit oder in der Freizeit getroffen hatte. Julius sah nach und musterte mich anschließend wie einen armen Irren. Ein Bischofskostüm hänge dort.

– Du warst als Nikolaus unterwegs, sagte Julius sanft.

Zum zweiten Mal ereilte mich der Schock einer unerwarteten Selbstbegegnung. In meinem Zustand kannte man sich und die eigenen Veranlagungen nicht mehr und guckte daher auf einen Scherbenhaufen, aus dem man die eigene Persönlichkeit wieder zusammenflicken sollte.

– Was mache ich beruflich?

– Du hast einen Laden. Sagen wir mal: Antiquitäten.

Ich fand seine Auskunft überraschend, ich hatte mehr auf Kleriker getippt. Das aber, fiel mir sofort dazu ein, war nur der unerfüllbare Wunsch meiner Mutter gewesen.

– Mit deinem Laden ist übrigens alles in Ordnung, ich habe nachgesehen.

Julius schob seine Brille hoch.

– Wenn etwas wäre, du weißt ja: jederzeit!

Sein Blick war tief besorgt. Ich verstand jetzt besser, warum Julius mein Freund war. Er war zwar dick und gefräßig und besuchte mich immer nur zu den Essenszeiten im Krankenhaus, war aber genau besehen doch ein gutartiger Mensch ohne Falsch. Ich bedankte mich bei ihm und schickte ihn nach Hause, um mich in Ruhe meiner Innenschau widmen zu können.

9

Auch in der darauf folgenden Zeit ging es mir ziemlich schlecht. Vor allem ist man nach einem solchen Crash besorgt, ob man den Reset der alten Festplatte da oben im Schädel noch mal hinbekommen wird. Schwester Evi beruhigte mich. Bei Gehirnerschütterungen wie der meinen sei das nur eine Frage von Tagen. Und nach ihrer Erfahrung würden die Patienten auch nicht glücklicher, wenn die Erinnerung wieder scharf gestellt sei.

– Das Hirn ist keine Sonnenuhr, das die heiteren…

Ich unterbrach sie. Auch Kopfschmerzen lassen sich provozieren.

– Aber genau das wäre doch die Chance, sagte ich. Nur die guten Gedanken werden wieder hochgefahren. Der Rest bleibt gelöscht.

– Wenn es so einfach wäre!

Schwester Evi stand am Fußende meines Betts und stützte ganz bequem die Unterarme auf den Holm.

– Jetzt nehmen wir mal an, wir hätten hier eine solche Glückspille gefunden. Wie sollte ich mir dann noch Ihr Gesicht und Ihre Zimmernummer merken?

Ich hob den Daumen. Eine solche Pointe zu zerreden wäre unsportlich gewesen. Schwester Evi erwies sich auch sonst als ausgesprochen schlagfertige Person. Dazu behielt sie recht: Mein Gedächtnis kam Stück für Stück zurück, bald war ich wieder komplett, bis auf den Tag des Unfalls.

Julius kam täglich zu Besuch. Diesmal hatte er eine riesige Tüte Lebkuchenbruch mitgebracht. An seiner Schokoschnute war unschwer zu erkennen, dass er schon reichlich genascht hatte.

– Bedien dich, sagte er und stellte die Tüte auf meinen Nachttisch. Und jetzt mal aufgepasst!

Dann trat er wie schon Schwester Evi an das Fußende meines Betts, damit ich ihn in höchstmöglicher Auflösung und Breitwandformat vor Augen hatte, und entrollte ein Plakat. *Hardrock im Schlachthof* stand darauf zu lesen. Der Nabel eines muskulösen, von männlichem Brustfell umwölkten Bauchs lugte hinter einer knallrot lackierten Gitarre hervor. Bevor ich mich in Details verzettelte, lenkte Julius meine Aufmerksamkeit auf das Wesentliche.

– Wir haben Jimmy Page für ein Silvesterkonzert in den Schlachthof verpflichtet. Da bist du platt, was?

Julius pinnte das Plakat mit Tesa an die Wand, sodass ich es unablässig im Blick hatte, und heftete mit einer Büroklammer ein Ticket unten an.

– Ticket Nummer zwanzig, sagte er. Pure gold!

Julius fischte sich einen Schokolebkuchen aus der Tüte und biss hinein.

– Sollte eigentlich dein Weihnachtsgeschenk werden, aber ich dachte, das könntest du jetzt zur Genesung gut gebrauchen. Außerdem hätte so ein Typ wie du vorverkaufsmäßig sicher alle Hebel in Bewegung gesetzt, um Jimmy Page live auf der Bühne zu erleben.

Das normalerweise hakelige Räderwerk, das in uns für die Bereitung des inneren Friedens zuständig ist, griff bei Julius momentan so reibungslos und harmonisch ineinander, dass die Mechanik wie ein Kätzchen schnurrte. Ich war sprachlos und schwieg, und das machte ihn noch glücklicher.

Zwischen Julius und mir war das Thema Musik vermintes Gelände. Immer wieder versuchte ich ihm die Ideen auszureden, die er ständig aufs Neue aushecke, um seine große Leidenschaft zu einem Business zu machen. Zuletzt hatte ich ihm auf recht derbe Weise das Gitarrenspielen verleidet. Julius lebte in der Verblendung, er könne sich aus einer beruflichen Notlage durch die Wiedervereinigung der Band befreien. Aber die drei alten Herren, Onkel Tom, Henry und er, die auf einer abschüssigen Bahn nach unten polterten, hätten einen

U-Turn Richtung Erfolg nie mehr hinbekommen. Tatsächlich bekam er damals ohne diese Flausen wieder Boden unter die Füße und kehrte in seinen früheren Beruf als Programmierer zurück.

Ganz konnte er es aber doch nicht lassen. Daher frickelte er feierabends an einer Website, aus der eine Hall of Fame der Rockmusik mit Histörchen, Bestenlisten, Bildern und natürlich einem Diskussionsforum werden sollte. Über diesen Austausch fand sich eine Neigungsgruppe in München zusammen, die sich die Förderung des ehemals subkulturellen Brauchtums auf die Fahnen geschrieben hatte. An Sommerabenden trafen sie sich zu Schweinswürstel und Bier an der Isar, um die alten Exzesse wiederaufleben zu lassen, hin und wieder mieteten sie einen Saal, um Diskothek zu machen, noch öfter trafen sie sich in Kneipen. Dort starrten die Veteranen zunehmend trübsinnig ihre zu sauberen Fünferbündeln gesammelten Striche auf den Bierdeckeln an und orakelten über den Untergang der Rockmusik. Irgendeiner hatte die Parole ausgegeben, dass der junge Mensch zu keiner tief gehenden *Led-Zeppelin*-Rezeption mehr in der Lage war. In dessen rapversaute Ohren war kein fünfzehnminütiges Gitarrensolo geschweige denn eine ebenso lange Schlagzeugdarbietung mehr hineinzukriegen. Damit waren Monumente wie die Langfassung von *In-A-Gadda-Da-Vida*, *Spoonful* oder der zwei LP-Seiten umfassende *Refried Boogie* dem Untergang geweiht, es sei denn, eine entschlossene Gruppe nähme diesen Übelstand als pädagogische Herausforderung an.

Also gründeten sie den Verein zur Förderung zeitgenössischer Musik. Die vorwiegend als Bewährungshelfer arbeitenden Sozialpädagogen in der Gruppe schrieben kluge Anträge an das Kulturreferat und bekamen Unterstützung für Veranstaltungen bewilligt, in denen die integrative Kraft zeitgenössischer Musik erprobt werden sollte. Die mit allen Wassern gewaschenen Praktiker wussten ganz genau, dass Anspruch und Wirklichkeit in ihrem Metier sowieso immer eine Schere bilden und dass man Mäuse nur mit Speck fängt. Also wurde die städtische Unterstützung komplett in Freibier umgesetzt, Musik und Anlage waren vorhanden, den Saal stellte der Bierlieferant. Bereits der erste Abend war ein großer Erfolg, ein randvoller Saal von jungen Leuten, die Freibier süppelten und sich musikalisch in die siebziger Jahre einführen ließen. Die alten Herren stolzierten wie King Curtis übers Parkett und schäkerten mit den Mädels.

Diese Geschichte kannte ich, die neue Wendung im Wirken des Vereins allerdings noch nicht. Auf ihrer letzten Studienreise nach Hamburg hätten sie sich im *Salambo* mit Finn Dunbar, einem schottischen Musikagenten, angefreundet, der zu erzählen wusste, dass Jimmy Page zum Jahreswechsel in München sein würde, um Studioaufnahmen zu machen.

– Der Rest, sagte Julius, war ziemlich einfach, auch wenn es lange gedauert hat. Finn hat ihn kontaktet und zu einem kleinen Clubgig überredet. Solo, aber mit seiner doppelläufigen Gitarre.

Finn sei dann extra runter nach München gekommen, um den Vertrag und ausgedehnte Kneipentouren mit dem Vereinsvorstand zu machen.

– Sagtest du: doppelläufig? Das klingt mehr nach Henrystutzen oder Bärentöter. Du bist doch der Gitarrist. Das sind Hälse, oder?

Julius grinste verlegen. Wie ertappt.

– Schon. Aber Doppelhals! Das klingt doch irgendwie krank. Wie Doppelherz. Und darum geht es doch nicht.

– Sondern?

Julius reckte sich, zog den Bauch ein und pumpte den Brustkorb heraus. Der alte Silberrücken gab am Fußende meines Betts den Kraftkerl. Das T-Shirt hielt dem Zug nicht stand und schlüpfte aus der Hose. Wie man sah, kam er dank guter Polsterung auch leicht bekleidet durch den Winter.

– Mann, Gitarre, Macht! Und du weißt, was das heißt!

– Sag's mir!

In einer fast anmutig zu nennenden Drehung wirbelte er um die eigene Achse, ging dabei immer weiter in die Knie und deutete auf seiner Luftgitarre einen gewaltig durchs Krankenzimmer wabernden Akkord an.

– Wanna fuck you all night long, baby!

Wir hatten beide nicht bemerkt, dass Schwester Evi, auf dem Tablett mein Mittagessen, das Zimmer betreten hatte. Mit erstaunter Anteilnahme musterte sie ihn. Julius' Birne färbte sich knallrot.

– Und für solche Höchstleistungen, fragte sie, ist so ein Modell Woodstock, Baujahr…

– …zweiundfünfzig, ergänzte ich.

– …noch ausgelegt? Ihr mögt es ja draufhaben, ihr Hippies!

Julius war sichtlich in Nöten, einen ehrenvollen Abgang hatte er bereits verwirkt. Geistig könnte man sich im Nu verflüchtigen, aber der erdenschwere Leib erspart uns nicht einmal die peinlichste Präsenz. Julius wich nach hinten zurück und setzte sich tastend auf die Bettkante. Ich legte meinen Arm freundschaftlich um ihn. So geschützt, versuchte er stopselnd eine Erklärung

– Es geht mehr ums Prinzip. Den Geist der Musik. Verstehen Sie? Reine Kraft. So in diesem Sinne.

– Aber mehr platonisch inzwischen, warf ich ein.

Schwester Evi platzierte das Tablett auf dem Nachttisch.

– Dass Sie auch wieder zu Kräften kommen.

Unschlüssig blieb Julius auch nach ihrem Abgang auf dem Bett hocken. Endlich erhob er sich, packte seine Jacke und steuerte Richtung Tür. Es sah so aus, als wollte er grußlos verschwinden.

– Bei dir gerät man in Situationen, Mannomann!

Kopfschüttelnd, die Hand auf der Klinke fixierte er mich. Schließlich besann er sich und seufzte tief.

– Was soll's, geht auch vorbei! Beinahe hätte ich vergessen, dass du ja krank bist.

So kannte ich meinen Julius. Im Verzeihen war er genauso groß wie im Einschnappen.

– Schon recht, sagte ich. Aber jetzt verschwinde, sonst werde ich nie wieder gesund.

Von der Tür hatte Julius seine Lebkuchenbruchtüte erspäht. Er deutete darauf.

– Kannst du wegputzen.

Er schnalzte mit der Zunge und kniff verschwörerisch das linke Auge zu.

– Tutto completo, wenn du magst.

Weg war er.

10

Ich lag noch lange wach. Nur Schwester Evi hätte gewusst, ob die gelbe, rote oder weiße Pille eher den Schlaf brachte. Aber wahrscheinlich war es egal. Ein Pfleger hatte mir gesteckt, dass das Drogenkonzept im Krankenhaus wie das Kaskadensaufen angelegt ist: Die erste Pille dimmt dich auf Friede herunter, mit der zweiten wird dir das Licht ausgeknipst und mit der dritten dreht man vorsichtshalber auch noch deine Hauptsicherung bis zum nächsten Morgen heraus. Ich hatte keine genommen, um mich nicht schon wieder in Watte zu packen. Draußen war alles ruhig. Ich streckte den Kopf aus der Tür. Der leere, dunkle Gang war gruselig. Ich schlüpfte in den Morgenmantel aus dem Nachlass des Barons von Reisewitz, den mir Julius aus meinem Kleiderfundus mitgebracht hatte. Ich besaß leider keines dieser gestreiften Frotteeteile und musste mir nun den hausinternen Spitznamen Großfürst Wladimir gefallen lassen, denn das schwarze, schwere Teil war auf der linken Brustseite mit einem faschingsprinzen-großen Monogramm bestickt. Wie ein Großväterchen taperte ich den Gang entlang und drehte eine Stockwerkrunde bis zur Besucherbucht mit Sesseln und Tischchen, auf die man Tannenzweige mit Kerzen gestellt hatte. Hier war aber nichts so normal wie draußen, idyllisch adventhaft schon gar nicht.

Ich setzte mich. Plopp, plopp machte die große Schwingtür, durch die man unsere Station betrat. Dann war nichts mehr zu hören. Ich kniff die Augen zusammen. Eine Gestalt näherte sich auf leisen Sohlen. Von der Statur her zweifellos ein Mann. Er trug einen langen weiten Mantel und einen helmförmigen Lodenhut nach Art der Gebirgsschützen. So ein Schleicher gehörte nicht hierher. Ich verhielt mich ruhig. Er stand vor meiner Zimmertür, vergewisserte sich noch einmal der Nummer, drückte dann sacht die Klinke und ging hinein. Dankbar wie ein Junkie spürte ich die Adrenalinausschüttung. Beim Check der Systeme allerdings wurde schnell klar, dass ich mit meiner weichen Birne immer noch keiner Auseinandersetzung gewachsen war. Ich rückte meinen Stuhl ein Stück weiter in die dunkle Ecke und wartete ab. Nach einer Weile kam der Mann aus meinem Zimmer heraus und schaute sich unschlüssig um. Da näherte sich von der anderen Seite Schwester Evi auf ihren Flip-Flops. Geräuschlos wie er gekommen war, verschwand der geheimnisvolle Gebirgsschütze.

Ich guckte in mein Zimmer. Der Unbekannte hatte den Schrank und die Schublade meines Nachttischs durchsucht. Allerdings fehlte nichts, auch mein Geldbeutel war unangetastet geblieben.

Mein Herz pochte, an Schlaf war noch nicht zu denken. Ich ging wieder nach draußen und nahm in der Sitzecke Platz. Für Bettflüchtige wie mich hatte man eine Leselampe bereitgestellt, und so blätterte ich in den alten Zeitungen und Magazinen, die dort auslagen. Trotz meines lädierten, erinnerungsunfähigen Schädels hatte ich das Gefühl, das alles schon so oft gelesen zu haben, dass ich die Geschichten auswendig hätte hersagen können. Weil es am Nikolausabend schönen Schnee gegeben hatte, lautete der aktuelle Aufmacher selbstverständlich *München – ein Wintermärchen*. Außerdem las ich von einem Serienbankräuber, dem *Knaller*, wie er genannt wurde. Bei dem Knaller handelte es sich nach den undeutlichen Aufnahmen der Videokamera wohl um einen älteren

Herrn. Er hatte in den letzten Jahren immer wieder dieselbe Bank in Harlaching besucht, einen Revolver gezogen und stets denselben Satz gesagt: Geld her, oder es knallt! In der Regel begnügte er sich mit einigen Zehntausend Euro, schob die Beute in einen Rucksack und verschwand. Sommers mit dem Rennrad, winters auf Skiern. Wahrscheinlich war er das Isarhochufer hinuntergebrettert und dann Richtung Grünwald oder Innenstadt verschwunden.

Die Station blieb ganz ruhig, alle Patienten waren in den drogengestützten Schlaf gefallen. Nur von hinten aus der Teeküche neben dem Stationszimmer drang gedämpftes Lachen und das würzige Aroma von Glühwein. Der Nachtdienst ließ es krachen. Ich stand auf, holte aus meinem Zimmer den Pillenriegel und ging zur Teeküche.

– Tausche Pillen gegen ein Pöttchen Glühwein.

Schwester Evi und dem jungen Pfleger war es peinlich, dass ich sie erwischt hatte. So stieß ich auf wenig Widerstand und bekam den gewünschten Becher. Der Geist des Weines verscheuchte alle Ängste, und ich schlief tief und fest.

In der Nacht träumte ich von alten Seebären, aber mehr noch von Schwester Adeodata. Sie überreichte mir mit glöckchenhellem Lachen ein Kuvert, das eine Einladung für Heiligabend in die Residenz des Kardinals von München und Freising enthielt. Am nächsten Morgen erwachte ich und wusste, dass fast alles an diesem Traum die reine Wahrheit gewesen war. Der ganze Film des verhängnisvollen Abends war wieder präsent, ich konnte sogar mühelos vor- und zurückspulen.

Im Lichte des wiedergewonnenen Erinnerungsvermögens überprüfte ich noch einmal meine Habseligkeiten. Geld und Pass waren da, auch die Bischofsausrüstung war fast komplett. Die blutverklebte Perücke war wahrscheinlich mit dem

Verbandsmaterial entsorgt worden. Schmerzlich war jedoch der Verlust des goldenen Buches, genauer gesagt: meiner darin befindlichen Einladung.

11

Bald darauf machte ich mich nach Hause auf. Man ließ mich nur ungern ziehen und ich musste ein Papier unterzeichnen, dass mir dies nur auf meinen ausdrücklichen Wunsch und eigene Verantwortung hin zugestanden worden war.

Oben am Himmel zogen sich dunkle Wolken zusammen. Unter diesem Deckel blieb die Stadt lichtlos grau. Und schmutzig, denn ein warmer Föhn hatte den Schnee weggeleckt. Der ausgestreute Kies knirschte unter den Sohlen der Winterstiefel. Mühsam schleppte ich mich den kurzen Weg dahin. Die Krankheit hatte meine Alltagsoptik total verändert. In einer langen Prozession zog das strotzende Leben an mir vorbei. Schöne Frauen mit ausdrucksvollen Gesichtern. Gesund bis ins Mark, dazu in reinlicher heller Kleidung. Unschuldig sowieso. Unsereiner kroch wie eine innerlich verderbte Kanalratte das Pflaster entlang und warf rot entzündete Blicke auf diese Wesen, denn in meiner Sphäre gab es nur Schmerz, Tod und Verwesung. Mehr denn je wünschte ich mir Emma herbei und wusste doch, dass es besser bei den guten Gedanken an sie blieb, als ihr die Gegenwart dieses hinfälligen Leibs zuzumuten, den ich wie eine Bürde mit mir herumtrug.

Nun begegnete ich auch noch kraftvollen Burschen mit

offenen Jacken, für die Kälte eine Wahrnehmung von Memmen war. Lässig standen sie da mit einer so satten Muskulatur, dass sie ihre Arme weit abgewinkelt tragen mussten und ihr Oberkörper aufgespreizt wurde, als hätte man ihnen Latten ins Kreuz genagelt. Dermaßen viel Saft im Leib, dass sie immer wieder etwas davon durch Gelächter, Geschrei und Primatengestik energetisch abfackeln mussten, um nicht zu platzen.

Nahm denn hier niemand Rücksicht auf den kranken Menschen? Das war ja nicht auszuhalten!

Als ich in die Fleischerstraße einbog, ging Hagel herunter, den mir ein scharfer Wind ins Gesicht trieb. Ich lief. Dann war ich endlich wieder zu Hause. Mit meinem Laden war so weit alles in Ordnung, Julius hatte das Gitter heruntergezogen und einen Zettel angebracht, dass wegen Krankheit bis auf Weiteres geschlossen war. Auf meinem Anrufbeantworter waren einige Nachrichten aufgelaufen, zwei davon gingen allein auf das Konto von Babsi. Jetzt kamen mir erste Zweifel am Sinn meiner guten Tat. Babsi wollte ihre Ware, auch wenn sie geschenkt war, sollte sie pronto geliefert werden. Beim zweiten Mal krähte das Kind ins Telefon, wann denn der Onkel Gossec das versprochene Bettchen bringe. Das war Psychoterror, der mir sofort Kopfweh bereitete.

Der Laden war vollkommen ausgekühlt. Der Wind pfiff durch die Ritzen und trieb sogar kleine Hagelkörner unter den Wetterschenkeln der alten Doppelfenster hindurch ins Innere. Mithilfe eines Ofenungetüms, das einmal eine komplette Glaserwerkstatt auf Temperatur gebracht hatte, hielt ich dagegen. Er schluckte alles, wenn es sein musste sogar Bücher. Ich schürte ein, bis der Wasserkessel auf der Herdplatte zu vibrieren begann und sich Kondenswasser an den Scheiben sammelte.

Alles kam mir so ungewohnt vor. Irgendwie verschoben. War das mein Kopf oder waren es die Dinge? Ich war matt und orientierungslos, saß da und guckte. Die Ablage mit den Ordnern, mein Kassenbuch, Post und Rechnungen, die auf dem Tisch lagen. Natürlich war Julius mehrfach im Laden und den dahinter liegenden zwei Zimmern gewesen, die ich bewohnte. Aber Julius war ein Trampeltier, das deutliche Spuren zu hinterlassen pflegte, man sah, was er angefasst hatte. Als ich mir dann in der Küche einen Tee kochte, entdeckte ich am Fenstersims eine Schramme. Ich untersuchte die Sache genauer. Kein Zweifel, jemand hatte das alte Fenster vom Hof her aufgehebelt und Wohnung samt Laden durchsucht. Mit großer Umsicht, um keine Spuren zu hinterlassen.

Ich kam ins Grübeln. Das Kokain war nicht mehr bei den Sachen gewesen, die ich im Krankenhaus bei mir hatte. Das Briefchen war mir abgenommen worden. Was also wollten die von mir?

Natürlich war ich schonungsbedürftig. Doch das half nichts, wenn ich das Heft nicht wieder in die Hand bekäme, würde ich in steinerner Depression versinken. Ich schnappte mir das Telefon.

Ich rief im Weißbräu an und verlangte Susi. Sie war die Einzige, von der ich mir Hilfe und Auskunft erhoffen durfte.

– Hier Gossec, sagte ich. Ich bin der Nikolaus, den sie bei euch fast ins Jenseits befördert hätten.

Susi schwieg eine Weile.

– Sind Sie jetzt wieder im Heim?

Zuspruch klang anders.

– Carl-Löbe-Heim, meinst du? Noch nie gewesen. Ich bin Händler und an diesem Abend nur aushilfsweise eingesprungen.

– Wenn es so wäre, warum hat dann einer wie Sie Diebstahl nötig?
– Aha, aus der Ecke kommt das. Dann würde ich gerne wissen, was ich geklaut haben soll.

Susi blieb still.

– Als du mich abgeholt hast für den Auftritt, fuhr ich fort, gab es Streit mit Maillinger, weil er mich beschuldigt hat. Ich habe darauf bestanden, dass er die Polizei ruft. Hat er aber nicht. Warum?

Susi antwortete immer noch nicht.

– Ich habe anschließend drei Stunden den Nikolaus gemacht. Da wäre ausreichend Zeit gewesen, die zu alarmieren.
– Man wollte halt kein Spektakel bei so einer Bedürftigenfeier…
– …und hat mir dann lieber hinterher den Schädel eingeschlagen.
– Randaliert haben Sie halt.
– Deine Leute haben mich halb totgeschlagen und in den Keller gesperrt. Womöglich wäre ich krepiert, wenn ich nicht hätte abhauen können. Bis heute früh lag ich in der Chirurgie. Und was ist bei euch passiert? Gibt es eine Anzeige? Hat man sonst etwas in dieser Richtung unternommen? Nichts dergleichen.

Ich spürte, dass Susis feste Haltung ins Wanken geriet.

– Hör zu, Susi. Ich muss mit dir reden.
– Warum?
– Du musst mir helfen herauszubekommen, was an dem Abend wirklich passiert ist.

Sie gab sich einen Ruck.

– Also gut.
– Wie lange hast du Dienst?

– Sechs Uhr bin ich fertig.
– Ich hole dich ab.
Die Uhrzeit passte. Wir legten auf.
Nebenan ging die Glocke. Ein älterer Herr stand im Laden.
– Ist jetzt wieder offen, fragte er. Ich habe schon letzte Woche eine Figur im Schaufenster gesehen.
Genau das war es, was ich jetzt brauchte. Den Gleichlauf meines Alltags. Außerdem hatte ich es bitter nötig, endlich auf das Weihnachtsgeschäft aufzuspringen. Heutzutage muss man um die Kundschaft ringen. Man weiß ja nie, ob sie nicht endgültig wegbleibt, weil sich online alles viel komfortabler bestellen lässt, atmosphärisch noch dazu *entre nous*, was enorm viel Spaß bringt, weil man auch nackig, mit einem Handfesten in der Krone vor dem Rechner sitzen und lustkaufen kann.

Ich verabschiedete meinen Kunden. Immerhin hatte ich eine Krippenfigur an den Mann gebracht. Anschließend dekorierte ich mein Schaufenster ein wenig nach. Knallhart Weihnachtsware, die musste jetzt raus. Christbaumkugeln, echt antik, Lametta mit Bleikern aus den Beständen von Tante Trudi, Rauschgoldengel mit Verkündigungsposaune und die wertvollen Krippenfiguren aus Holz, handgefertigt natürlich, direkt vom Oberammergauer Herrgottsschnitzer, woher denn sonst?

Dieses Schnitzervolk hat viel dazu beigetragen, das biblische Geschehen in die regionale Folklore umzuquartieren. Aus dem vorderasiatischen Kameltreiber ist ein Hirte in Lodenjoppe und Lederhosen geworden, und Bethlehem ähnelt einem Dorf irgendwo zwischen Graswang und Ettal, das biblisch verbrieft zu Zeiten Jesu noch über keine eigene Kirche verfügte. Der Stall mit Krippe ist ein Heustadel, wie sie hierzulande überall herumstehen, und mit Maria und Joseph hören die Eltern des Kindes auf zwei der schönsten bayerischen Vornamen. Englein als Geschwader im Girlandenflug sind moppelige, gut herausgefütterte Geistwesen, die dem alpenländischen Ideal des Jodelbarock entsprechen. Der den Windeln entwachsene Jesus allerdings wird dem Gesicht nach historisch genau gefertigt, und vom Turiner Grabtuch her wissen wir schließlich, dass er definitiv keine Schlitzaugen hatte, auch nicht schwarz war, sondern wie unser Kara Ben Nemsi aussah.

Am späteren Nachmittag verkaufte ich noch einigen Christbaumschmuck. Als es auf sechs Uhr ging, sperrte ich meinen Laden wieder zu und ging zu Fuß in die Innenstadt.

12

Scheu um sich blickend trat Susi aus dem Weißbräu. Ich sprach sie an.

– Wo wollen wir hin?

– Hoch zum Christkindlmarkt auf einen Glühwein, schlug ich vor.

Wir gingen ein Stück hinauf zum Marienplatz, wo vom ersten Adventswochenende an die Buden aufgebaut waren. Bratwürste, Maroni und gebrannte Mandeln gingen immer. Inzwischen war aber das Kunsthandwerk mit seinen Produkten auf dem Vormarsch. Salzlampen auf Rosenholzsockel, mit denen man auch auf ungeheizten Klos Feng-Shui machen konnte, Dinkelkissen oder Schnitzereien aus Hirschhorn. Wie jedes Jahr nahm ich mir vor, mich beim nächsten Mal um einen Stand zu bewerben. Was hätte unsereiner mit seiner Qualitätsware hier für Verkaufschancen.

Wir steuerten einen Stand an, um den herum tannenzweiggeschmückte Tische aufgestellt waren.

– Und kommst du gut klar mit deinem Chef?

Susi blickte von ihrem Glühwein auf.

– Wie meinst du das?

– Mehr im menschlichen Sinn.

– Geht schon. Wir machen unsere Arbeit. Und meine ist gut bezahlt.

– Betatschen inklusive?

Susi knallte ihr Glas auf den Tisch.

– Frech werden, oder was?

Meine Eröffnung war alles andere als geschickt. Aber wieder einmal konnte ich nicht aus meiner Haut. Wenn mir etwas gegen den Strich ging, brachte ich kein vernünftiges Gespräch zuwege.

– Jedenfalls habe ich gesehen, wie Berni an dich rangegangen ist. Den Rock hatte er schon hochgeschoben.

– Und das war es dann auch schon. Du glaubst doch nicht im Ernst, dass ich mir das gefallen lasse. Ich weiß mich zur Wehr zu setzen.

Ich runzelte die Stirn. Aber wie konnte man nach so einem Vorfall weiterhin für Berghammer arbeiten?

– Ich weiß schon, was du denkst, sagte Susi. Schau, vorher war ich nur auf Probe. Jetzt bin ich fest. Du musst das ausnützen, wenn so einer auf dich steht. Und natürlich aufpassen, dass er nicht übergriffig wird.

– Arsch lecken, erwiderte ich.

Ich spuckte ein Nelkenstückchen auf den Boden.

– Wo lebst du denn? Einer wie du mag vielleicht noch als Jennerwein unterwegs sein. Unsereiner braucht das Geld. Dringend. Dass sie dich als Bedienung anmachen, ist normal. Meinen Stolz behalte ich so oder so.

– Ist okay, sagte ich.

Vielleicht war sie ja doch eine gute Haut. Ich nahm einen Schluck aus dem Glühweinbecher.

– Und wie war das mit mir an dem Abend? Hast du etwas gesehen?

Susi legte mir die Hand auf den Unterarm.

– Nichts. Wenn ich es wüsste, würde ich es dir sagen. Es hat nur geheißen, dass du geklaut und randaliert hast. Und dass es eine Schlägerei gegeben hat. Wirklich!

Ich glaubte ihr. Sie machte Anstalten zu gehen.

– Eine Bitte hätte ich noch, sagte ich.

Sie nickte.

– Das goldene Buch, du weißt schon: mein Nikolausbuch habe ich dir doch gegeben.

– Oh je, sagte sie. Müsste beim Berni im Büro sein.

– Kannst du da nachschauen? Da war etwas drinnen, was mir sehr wichtig ist.

– Mache ich.

– Und euer Grobschmied, der Schankkellner: Wie heißt der denn?

– Warum? Ist das wichtig?

– Vielleicht hat er etwas gesehen.

– Der Alois? Hieber heißt er.

Sie zuckte skeptisch die Achseln.

– Hast du eine Adresse?

– Irgendwo in der Au. Sonst noch was?
Ich schüttelte den Kopf.
– Vielen Dank für den Glühwein.
Wir gaben uns die Hand.

13

Dass es in München keine Einheimischen mehr gäbe, davon kann natürlich keine Rede sein. Der begüterte Münchner ist überall auf der Welt zu Hause, in Tokio so gut wie auf der nobel gewordenen Schwanthaler Höhe. Wer allerdings mit seinem Gehaltszettel an Hartz IV gerade noch so vorbeischrammt, hat da nichts mehr verloren. Die Innenstadt hat der Unterdurchschnittsverdiener schon lange aufgeben müssen und die Lederhosen sowieso, weil sich Tracht aus den Niederungen der Kepa-Billigabteilung ins Geldige hoch entwickelt hat. Dem Kleidungsstil des Einheimischen hat das nicht gutgetan, er ist hausmeisterlich geworden und man trägt jetzt graue Kunststoff-Elastikhosen, karierte Hemden und Parkas, bei denen man die Hand nicht umdrehen möchte, ob sie mal grau oder grün waren. Die Filzhüte, die man sich dazu auf den Kopf setzt, sind ebenfalls grau mit schwarzen Punkten, als hätte man einer besonderen Rasse von Tüpfelhyänen das Fell abgezogen. Natürlich trifft man solche Einheimische hin und wieder in der Innenstadt an diesem oder jenem Freiausschank oder beim Trachtenumzug zum Oktoberfest, in Rudeln treten sie aber nur noch in der Au oder in

Giesing auf. In solchen Vierteln mag sich der neureiche Eroberer vorkommen wie damals der weiße Mann in den Indianerreservaten, nur dass die Gesichter der einheimischen Münchner weniger vom Branntwein als vom Bier gezeichnet sind.

Alois Hieber wohnte möbliert in der Humboldtstraße. Sein Vermieter, ein schnurrbärtiger Mann in roter Fleecejacke, der reichlich Hüftgold aufgepackt hatte, öffnete die Tür. Ich fragte nach Alois. Er zuckte die Achseln. Die Frage nach seinem Zimmer beantwortete er, indem er mit vorgerecktem Kinn die Richtung bezeichnete. Das Zimmer war leer, allerdings spielte das Radio.

– Ich täte es im Auwirt probieren, knurrte der Dicke.

Man sollte dennoch nicht am bayerischen Menschen verzweifeln, seine Grantigkeit ist nur der Versuch, die Fährnisse des Gesprächs mannhaft zu umschiffen. Die bayerische Rede ist kein munterer Quell, der geradeaus über Stock und Stein liefe, sondern ein träges Wasser, das in jede verfügbare Breite ausmäandert. Der höflich antwortende Bayer ist deshalb in seiner Beflissenheit so hilflos wie ein auf dem Rücken liegender Maikäfer. Er schafft sich an den sinnlosesten Konjunktiven ab, was eventuell sonst noch alles hätte sein oder stattfinden können, und es kommt nichts dabei herum.

Ich betrat die Wirtschaft. Tatsächlich saß Alois am Tisch vor einer Halben Bier und einer Roulade mit Rotkraut und Knödel. Der Wirt verfolgte meinen Weg durch die Gaststube, fasste sich an den Hosenbund und zog seine Augenbrauen wie Jalousien hinauf und hinunter. Deutlicher konnte man eine Warnung nicht ausflaggen. Ich trug an der bezeichneten Stelle einen Totschläger. Das Ding beulte meine Jacke aus. In meinem angegriffenen Zustand tat mir eine solche Rückversicherung gut. Die frühzeitige Entdeckung allerdings hatte ich vermeiden wollen. Aber da musste ich nun durch. Ich klopfte zweimal auf den Tisch.

– Servus.

Alois musterte mich. Mit Knödel und Roulade sah er vertrauenerweckend leger aus. Jedenfalls ließ er sich nichts anmerken.

– Servus.

– Kennst mich noch?

Alois schüttelte den Kopf und zupfte sich die Bartenden aus den Mundwinkeln.

– Woher denn?

– Als Nikolaus.

– Au weh!

Er wiegte bedenkenvoll sein Haupt. Ich beobachtete ihn genau. Als er in seine Tasche fasste, hatte ich die Hand bereits am Totschläger. Er holte jedoch ein Taschenmesserchen hervor, mit dem er den Zahnstocher aus der Roulade herausoperierte. Er stippte das Hölzchen in den Aschenbecher und grinste.

– Nur die Ruhe, sagte er. Ich tu dir nichts.

– Wer es war, möchte ich wissen.

Alois überlegte. Dabei säbelte er ein gurkengrünes, schinkenrotes und fleischbraunes Rädchen ab und kostete. Kauend legte er das Besteck auf den Tellerrand und hakte seine beiden Zeigefinger ineinander.

– Du bist doch keiner aus dem Löbe-Heim, oder?

– Nein.

– Na also. Dann warst du der Falsche. Um den anderen wäre es gegangen, verstehst?

Er zwinkerte bauernschlau.

– Nichts, nur Bahnhof!

– Also der Bursche, der eigentlich den Nikolaus hätte machen sollen, hat Händel gehabt. Weiß der Teufel warum. Jedenfalls ist so ein Riesenmannsbild zu mir gekommen und hat gefragt, wo wir den Nikolaus herhaben. Habe ich natürlich gesagt: aus dem Löbe-Heim, verstehst?

– Du meinst, dass es gar nicht um mich ging.

Befriedigt nickte Alois und säbelte noch ein Stück Roulade ab.

– Der muss es gewesen sein. Glaube ich wenigstens.

Seine Schlichtheit war entwaffnend. Ich war verblüfft. Auf diese Idee wäre ich nie gekommen. Ich nehme alles persönlich, was mir über den Kopf gezogen wird. Alois beobachtete mit großer Sympathie meinen Denkprozess. Am Ende war mir klar, dass nun unserem Gespräch jeder Anlass entzogen war. Verwirrt verabschiedete ich mich. Der Weg durch die Gaststube kam mir unendlich lang vor. An der Theke stand der Wirt und wusch Gläser. Sein Mienenspiel hatte etwas, wie es bei uns heißt: Hinterkünftiges.

Ich ging zu Fuß Richtung Schlachthof, um mich sortieren zu können. Die Dunkelheit war bereits heraufgezogen und lag wie eine schwere Decke über den Isarauen. Dazu kam Nebel, denn die Temperaturen waren deutlich über null und eher herbstlich. Unter der Wittelsbacherbrücke quoll Rauch hervor, zwei Penner versuchten sich mit einem Lagerfeuer Wärme zu verschaffen. Ich schaute auf den strudelnden Fluss hinunter, ein Stück weiter dann, schon links der Isar, wusste ich, dass mir Alois einen Bären aufgebunden hatte. Das Koks, vor allem die beiden Versuche, etwas unter meinen Habseligkeiten zu finden – natürlich war ich gemeint und nicht Vierthaler.

14

Ideen hatte ich, aber keine zwingende. Was ich durchdachte, wurde fadenscheinig. Ein kluges Vorgehen ließ sich daraus nicht gewinnen. Und im Hintergrund stand die Angst, dass diese Ziellosigkeit durch meine Kopfverletzung verursacht war. Ein bleibender Schaden womöglich. Zaudern statt zupacken, darin erkannte ich mich nicht wieder. Auch sonst war ich außer Tritt. Statt Babsi die Meinung zu geigen, nahm ich den Hörer nicht ab, wenn sie anrief.

Anderntags hatte ich dieses Gemühle so satt, dass ich beschloss, einfach hinzugehen. Diesen simplen, ans Dümmliche grenzenden Rat hatte mir damals Hannes gegeben, als ich bei ihm zum Erlernen der Möbel-Antikrestaurierung in die Lehre ging. Wenn er ein Problem mit jemandem hätte, gehe er einfach hin. Tatsache war, dass Hannes auf diese Weise jede offene Rechnung eingetrieben hatte. Ob er dann nur dasaß oder anderweitig nachhalf, verriet er nicht. Jedenfalls würde ich nun zu Bossert gehen, dem Dritten im Bunde neben Berni und Maillinger, dessen Agentur die Veranstaltungen des Vereins organisierte. Diesen Bossert, der mein Taxi spendiert hatte, kennenzulernen oder ihn sich vorzuknöpfen konnte jedenfalls der Sache nicht schaden.

Am Abend machte ich mich in die Pestalozzistraße auf, wo seine Eventagentur ihre Zelte aufgeschlagen hatte. An der Besetzung der Büros und Läden im Glockenbachviertel lässt sich ablesen, aus welcher Ecke der Wind des Zeitgeists weht. Wo früher die Elektroniker an Rechnern und Internet geschraubt hatten, saß jetzt eine neue Marketingelite, die die verwaisten

Räumlichkeiten übernommen hatte. Die Firmeninhaber und ihre Partner erkannte man an grau melierten gelockten Haaren, weichen fließenden Kaschmirjacketts und den stets weißen Hemden. Winters trugen sie wärmende Filzwesten dazu. Der Trick ist, dass alles so natürlich und leger aussieht, als bekäme man so ein Outfit für lau, tatsächlich ist es schweineteuer. Der Super 150 Nadelstreif des Sparkassenmanns sieht dagegen wie Anstaltsdrillich aus.

So war Bossert leicht zu erkennen, als ich die Geschäftsräume betrat, die früher einmal einer Bäckerei gehört hatten. Er saß am Ende des großen Raums, zum Schaufenster hin abgeschirmt durch einen mit großen japanischen Zeichen beschrifteten Paravent. Energisch winkte er mich heran, als er mich sah. Er musterte mich genau.

– Sehr gut, sagte er. Genauso muss er aussehen.

– Wer?

– In unserer Jobausschreibung, Freund, steht doch: Rustikaler Almhirte gesucht. Und einen Besseren kann ich mir nicht vorstellen. Vor allem nachdem dieser Rübezahl abgesagt hat. Dich schickt der Himmel, Mann!

– Mit Rindvieh in diesem Sinne hatte ich noch nie zu tun.

– Kein Problem. Der Bauer ist sowieso dabei. Seppelhose und Lodenkotze, oder wie man das nennt, sind da hinten. Na los, zieh dich um!

Der Zug, der sich bot, war ein Schnellzug und bereits in voller Fahrt.

– Und dann, fragte ich.

– Bayerischer Hof. In einer Stunde geht es los. Zweihundert Euro Gage, da gibt es doch nichts zu meckern, oder?

Genau genommen nicht. Außerdem diente es der Wahrheitsfindung. Ich ging in die Richtung, die er mir gewiesen hatte. Im Nebenzimmer lag auf einem Stuhl ein komplettes Trachtengewand bereit: Lederhosen halblang, Kniebundstrümpfe, Haferlschuhe und alles andere auch. Ich zog mich um.

Bossert strahlte, als er mich sah.

– Ganz der Oberförster. Mach mal den Jodelschrei.

– Den was?

– Jodelschrei. Wasmeier. Lillehammer – kapiert?

Draußen hupte es. Bossert sah auf die Uhr.

– Maßarbeit. Der Jockel mit seiner Gretel ist auch schon da. Ab die Post.

Wir gingen hinaus. Vor der Tür stand ein dreckverschmierter Offroad-Hochbeiner mit Viehanhänger.

– Andiamo, sagte Bossert und klopfte mir auf die Schulter. Die Kohle gibt es nach dem Auftritt. Direkt vor Ort.

15

Am Steuer saß Jockel, ein weißhaariger, wettergegerbter Bursche, der wie mein älterer Bruder aussah, weil er in denselben Klamotten steckte. Er fuhr Richtung Innenstadt.

– Schlachthof wäre die andere Richtung, sagte ich. Wegen deinem Hänger, meine ich.

Jockel grinste gutmütig.

– Die Gretel ist ein Goldstück. Die kommt mir da nicht hin. Außerdem muss das Madl heute Abend eine saubere Figur machen.

Neben dem Blitz hat der Schöpfer noch eine ganze Palette

überraschend eintretender Ereignisse erfunden und in die Welt gebracht. Zufall oder Kismet, wie man in München sagt. Momentan verstand ich wieder nur Bahnhof.

Beim Bayerischen Hof fuhren wir in die Tiefgarage. Gretel rumpelte in ihrer Box herum. Jockel machte die Tür des Hängers auf und sprach begütigend auf sie ein. Gretel sah im wahrsten Sinne des Wortes scheiße aus. Jedenfalls hatte sie mit ihrer linken Seite einen Haufen platt gesessen.

– Jetzt müssen wir striegeln, sagte Jockel.

Er reichte mir eine Bürste, und wir begannen das Vieh zu putzen. Sogar den Fellpony drapierten wir neu über die Hörner. Zum Abschluss holte Jockel eine schwere Glocke an schwarzem, bortenverziertem Schmuckgurt hervor und band sie Gretel um. Sofort machte es Dingdong, und in die Tiefgarage kehrte Almabtriebs-Atmosphäre ein. Jockel packte Gretel am Gurt, und wir marschierten zum Haupteingang des Hotels. Sofort waren wir im Blickpunkt der weihnachtseinkaufenden Öffentlichkeit. Der Kollege ließ sich nicht lumpen und stieß den Jodelschrei aus, wie sich das für einheimische Barbaren gehört. Wenn man ihn einmal gehört hat, eigentlich ganz einfach: Man schreit *Juchuhuhui*. Dabei beginnt man im brünftigen Bass und lässt die Stimme dann in einen kreischenden Diskant umschnackeln. Die Gebrüder Gibb würden eine solche Gebrauchsanleitung spontan verstehen und umsetzen.

Der Hoteleingang war mit Tannenzweigen und Lichterketten geschmückt. Ein langer roter Teppich führte von der Straße ins Innere. Diesen Parcours hatte man durch eine Absperrung gesichert. *München hilft*, das Motto, war in goldenen Lettern auf das Tannengrün gepinnt. Wenn geholfen werden muss, lässt sich München nicht lumpen. Man hatte uns einen Platz auf der linken Seite des Eingangs bereitet, wo ein paar Strohballen, ein Dreschflegel und eine Sense zu einem bäuerlichen Stillleben drapiert waren. Am Boden lag Heu. Nun hatte sich alles geklärt: Jockel, Gretel und ich bildeten die rustikalen Schnörkel des Empfangsarrangements. Leger sozusagen. Wir drei vom Land hatten in der Stadt so dies und das zu erledigen, kamen dann zufällig an dieser karitativen Veranstaltung vorbei und dachten, dass sich die Ankömmlinge freuen würden, wenn sie von uns begrüßt würden. Eine wirklich schöne Idee aus dem Eventmarketing! Unter einer Markise war Bernis charmante Schampanninger-Bar aufgebaut, wo auch der Mann von der Straße mit einem Glas für zehn Euro helfen konnte.

Stattliche Limousinen fuhren vor. Klappe auf, und Münchens schönste Damen, begleitet von tadellos bekleideten Smokingherren, betraten den roten Teppich. Nur die Nonames verschwanden gleich im Hotel. Wer erkannt wurde, schüttelte Hände, gab Autogramme und Interviews. Meinen Fernseher hatte ich vor einiger Zeit minus gemacht, so war ich nicht recht im Bilde, wen man besonders gut kennen musste. Aber es schienen doch alle aus Bogenhausen, Grünwald und Herzogpark gekommen zu sein, die man gerufen hatte. Für die Herren war ein längerer Aufenthalt in der Kälte kein Problem. Sie trugen schließlich Hemd, Jackett, lange Hosen, darunter womöglich noch Angorawäsche. Das wäre doch niemandem aufgefallen! Einige auch schon älter und mit Bauch, wer, wenn nicht sie, könnte sich Münchens schönste Damen sonst leisten?

Bei den Frauen jedoch waren solche Tricks ausgeschlossen, sie waren echt leicht bekleidet, meist schulterfrei, dazu Mordsausschnitt, und wenn mal was rausguckte, sollte es ja auch Seide oder Spitze sein und nicht Omas Wollunterwäsche. Viele dieser Damen haben vielleicht keine abgeschlossene Schulbildung und auch sonst nicht viel gelernt außer schön sein und posen, aber das haben sie eins a drauf: Selbst bei zapfigen Minusgraden bleiben sie unverkrampft und charmant, als wäre es kuschelig warm. Sie sind inzwischen abgehärtet und so gut in Schuss, dass man sie bedenkenlos zum Eisschwimmen nach St. Petersburg schicken könnte, wo sie sicher auch eine gute Figur machen würden.

Sie stiegen aus, stöckelten los, parlierten und winkten zur zahlreich versammelten Lokalpresse hin. Irgendeine kam dann auf die Idee, Gretel auf ihren Pony zwischen die Hörner zu küssen, weil es so ein schönes Foto werden würde. Die Fotografen hatten schnell begriffen, dass diese reizende Geste der Knaller war, denn sie konnten voll in den Ausschnitt hineinblitzen. Damit wurde der Hörnerkuss obligatorisch, und wenn eine Dame vergessen hatte, bei ihrer letzten Bewerbung um eine Filmrolle die Körbchengröße anzugeben, so hatte sich dies nun auf augenfällige Weise erledigt.

Jockel und ich wurden in aller Regel von den Herren mit *Servus!* begrüßt. Mancher hängte sich dann bei uns ein und ließ sich fotografieren. Einer gab uns sogar die Hand, der war entweder neu in der Society und wusste nicht, wie man mit dem einfachen Volk umzugehen hatte, oder er war Präsident des Bauernverbands.

Nachdem der erste Ansturm vorbei war, wurde es langweilig. Wir standen uns die Beine in den Bauch. Drinnen, so hieß es, spiele ein Tanzorchester, dazu finde eine Versteigerung statt. Die nächsten Hendl für bedürftige Münchner waren so gut wie gesichert.

Das eine oder andere Glas Restschampanninger mit *Ing-*

werwürferl fiel auch noch für uns ab, und so war es logisch, dass Jockel irgendwann sagte, er müsse jetzt mal. Und schon stand ich mit Gretel alleine draußen. Aber nicht lange. Mit dem unwiderstehlichen Angang ihrer gut fünfhundert Kilo und großem Geläut trabte sie durch die geöffnete Tür nach innen durch die Lobby Richtung Rezeption. Der Deskofficer giftete mich an, man werde mich für alle entstehenden Schäden haftbar machen. Es wäre Gretel nicht zu verdenken gewesen, wenn sie ihren Schwanz gehoben hätte, um ein paar Literchen oder sonst was auf den gut polierten Steinboden abzulassen. Aber sie hatte ja nur Sehnsucht nach Jockel, und als der wieder von der Empore herunterkam, geleitete er sie mit guten Worten und sicherem Griff rasch wieder nach draußen. Weiter hatte es eine Kuh im Bayerischen Hof sicher noch nie gebracht.

16

Inzwischen war es zehn Uhr geworden, und Jockel, der freundliche Mensch, meinte, ich könne mich ruhig schon verabschieden, die letzte Stunde bringe er auch allein herum. Ich solle aber nicht vergessen, mir drinnen die Abendgage abzuholen.

Also ging ich hinein. Der Festsaal war leicht zu finden, man musste sich nur von der Musik leiten lassen. Am Eingang sah ich einen dezent livrierten Ordner stehen. Bevor ich ihn etwas fragen konnte, legte er schon den Finger auf den Mund und bedeutete mir, ruhig neben ihm zu bleiben. Das Diner war offensichtlich vorüber, aufgereiht an den üppig dekorierten Tischen saß die feine Gesellschaft im Halbdunkel, ganz der ausgeleuchteten Bühne zugewandt. Vorne auf der Bühne stand ein alter, gut siebzigjähriger Mann auf einen Stuhl gestützt und knödelte mit zittrigem Timbre, dass Borstenvieh und Schweinespeck sein idealer Lebenszweck sei. Die Klavierbegleitung sicherte den Greisengesang wie ein Stützstrumpf ab. Immerhin musste man dem Alten zugutehalten, dass er sich für seine Darbietung einen Buffopart und keine Heldenrolle ausgesucht hatte. Großer Beifall brandete auf, als er seine Operettenarie über die Runden geschaukelt hatte. Das Publikum erhob sich applaudierend, weniger um der Gegenwart als der Vergangenheit des Künstlers Respekt zu erweisen, aber mehr noch um durch eine gemeinsamen Geste die eigene Großzügigkeit auszustellen, mit der man über eine solche Peinlichkeit hinweggesehen hatte.

Ich wandte mich wieder dem Ordner zu. Sein skeptisches Stirnrunzeln war mir nicht entgangen, auch wenn er sich sofort größte Mühe gab, seine Falten zu unerschütterlicher Contenance glatt zu bügeln.

– Was war sonst, fragte ich.

Als ich bemerkte, dass er meinen Trachtenaufzug ratlos musterte, schob ich eine Erklärung nach.

– Ich bin vom rustikalen Empfangskomitee draußen.

Er nickte.

– Essen und Versteigerung sind vorbei. Jetzt gibt es verschiedene Darbietungen, anschließend Tanzmusik.

– Und wo sitzt die Organisationsleitung?

Er deutete auf die Tür zu einem Nebenraum.

Ich klopfte an und trat ein. In dem hektischen Getriebe dort drinnen hatte mich keiner bemerkt. Zwei Champagnerkübel vollgestopft mit Schecks und Geldscheinen standen auf dem Tisch. Außer mir warteten noch einige andere B-Lieferanten auf ihr Geld. Für solche Billigjobber hatte man die Buchhaltung radikal vereinfacht. Man bezahlte sie bar aus den Kübeln heraus.

Einige elementare Prinzipien von Bernis Charity begann ich langsam zu kapieren. Der Spender möchte sein Geld nicht in eine anonyme Büchse stecken, sondern in attraktiver Umgebung und für alle gut sichtbar Hochherzigkeit zeigen. Dieser Bauchpinsel nebst konsumiertem Schampus und reichhaltigem Verzehr wird zunächst einmal von dem beglichen, was der Wohltäter an Eintritt zur Spendengala und bei der Versteigerung springen lässt. Mit abzudecken sind darüber hinaus alle Nebengeräusche wie Personal, Eventagenturen und sonstige am Gelingen dieser Sause Beteiligten, die unter der verschämten Rubrik Verwaltungskosten laufen. Das jedoch versteht der spendende Mensch nicht mehr. Er befindet sich in einer psychischen Ausnahmesituation, die ihm kurzzeitig den klaren Blick auf die Verhältnisse vernebelt und ihn glauben lässt, sein Akt setze die sich daran anschließende Kette von *Leistung nur gegen Bares* außer Kraft. Das Schönste am Spenden ist das Wohlgefühl, ein Schlaraffenland gestiftet zu haben, in dem es alles geschenkt gibt, wenn man nur das Maul aufreißt. Tatsächlich würde Bernis Verein am Ende einen Strich ziehen, um festzustellen, ob nach Abzug ihrer und aller sonstigen Aufwendungen noch etwas Trinkgeld übrig geblieben war, um ein paar bedürftigen Münchnern Hendl braten zu können. Wie schön!

Viel Zeit, über all das nachzudenken, hatte ich nicht. Maillinger kam herein und verfärbte sich, als er meiner ansichtig wurde.

– Er schon wieder, schrie Maillinger. Packt's den Kerl! Der klaut wie ein Rabe.

Unschlüssig starrten mich die Umstehenden an. Jetzt wurde es gefährlich, denn Maillinger hatte die Körpersprache eines Atompilzes. Ich hatte erst vor Kurzem eins auf die Rübe bekommen, daher verlor ich die Nerven und haute Maillinger prophylaktisch einen Schwinger in den Magen. Er stierte mich so hasserfüllt an, als er in die Knie ging, dass mir klar war, in ihm einen Feind fürs Leben gewonnen zu haben.

Meine Aktion war sicher nicht im Sinne Buddhas, es ist allerdings auch nicht überliefert, dass man den heiligen Mann je mit einem Bierschlegel traktiert hätte. Uns Nachgeborenen bleibt eben nichts anderes übrig, als seine Lehre schöpferisch anzuwenden. Und in diesem Fall ging Sicherheit vor Seltenheit, wie es ein anderer Weiser formuliert hatte.

Aus einem der Kübel schnappte ich mir die zwei Hunderter, die mir von Bossert zugesichert waren.

– Empfang wird gerne quittiert, sagte ich in die Runde.

Man hielt aber auf Distanz, und so ging ich. Ich stopfte das Geld in die Hosentasche und hatte die feste Absicht, bei nächstbester Gelegenheit mit mir namentlich bekannten bedürftigen Münchnern essen zu gehen. Der direkte Kontakt ist durch nichts zu ersetzen.

17

Babsi war da gewesen. Offenbar mit ihrem Kind. Jedenfalls war an meine Ladentür eine gefaltete Kinderzeichnung geklebt. Eine Art kleiner Rauschgoldengel lag glücklich in einem Himmelbett. Ich war nicht sicher, ob ich die Richtung von Babsis Wohnung korrekt angepeilt hatte, aber der Stinkefinger galt ihr und ihrem Balg. Ich zerknüllte die Zeichnung und warf sie in den Rinnstein.

Drinnen gönnte ich mir ein Weißbier aus der Weihnachtsedition einer hiesigen Brauerei. Die Flaschenetiketten waren mit verschiedenen alpenländischen Motiven ausgestattet, deren bunte, goldgeprägte Pracht im Stil alter Adventskalender fast vergessen machte, dass es sich hier um ein Kalt- und kein Glühgetränk handelte. Als Zugabe drehte ich mir ein paar Zigaretten auf Vorrat. Man möchte einfach mal genießen, ohne zu arbeiten. Dazu ließ ich das Radio dudeln und legte mich aufs Sofa. Beruhigende Nachtmusik tröpfelte aus dem Lautsprecher und alles war gut, bis ich in einen auf stimmungsvoll gemachten Trailer rutschte, in dem Plätzchenbacken mit Berni Berghammer angekündigt wurde. Bäuerlich, urig, schmackig — Berni ging sofort in den weißblauen Infight.

Man entkam ihm nicht. Wie sonst nur Heiligen war diesem Menschen anscheinend die Gabe verliehen, an mehreren Orten gleichzeitig zu sein. Und immer arbeitete er für seinen Beutel oder an seinem Denkmal. Beides ging in eins, denn sein Ruf beförderte das Geldverdienen. Die Marke Berghammer konnte nur noch der Papst persönlich ausstechen, wenn er im Tal einen Vatikanbräu mit Restaurationsbetrieb eröffnen würde.

Wenn einer so fest im Sattel saß, was hatte der dann mit mir am Hut? Und warum hatten mich seine Spießgesellen derart in die Mangel genommen? Eine Antwort im eigentlichen Sinne war es nicht, aber das Weißbier aus der Weihnachtsedition pufferte diese Fragen immer besser ab. Nach der zweiten Flasche, deren Etikett ein Komet über dem Königssee zierte, kam endlich so etwas wie Adventsfriede in mir auf, der nicht nur die baldige Ankunft des Christkinds, sondern auch die der dritten Halben ankündigte, die ich mir gleich genehmigen würde und die mit einem anmutigen Lobpreis oberbayerischer Hirten in Lodenjankern und Haferlschuhen beklebt war. Mir wurde zunehmend leichter zumute, und meine Gedanken schwurbelten wie Kleinfischschwärme in einem Aquarium herum, sie schossen heran, guckten mich mit großen Augen an und verschwanden wieder. Ihre Flüchtigkeit ist ein Segen. Gedanken, die dich unausgesetzt anstieren, meinen es nie gut mit dir. Sie wollen in den Clinch.

In dieser aufgeräumten Stimmung griff ich zum Telefon und rief Emma an. Der Gedanke an sie hatte mir zugezwinkert. Aber sicher, daran gab es nichts zu deuten, dieses Telefonat war überfällig, und vor Mitternacht gingen die da unten sowieso nicht ins Bett. Radebrechend sprach ich mit ihrer Mama. Schenkelhalsbruch. *Che roba!*, gefolgt von Ausrufen des Entsetzens und schließlich: *Buon miglioramento!*, was ich mit meinen Bieren nicht mehr astrein, sondern nur noch nuschelnd hinbrachte.

Endlich war Emma am anderen Ende. Unsere Beziehung war erinnerungsmäßig wieder intakt. Dass ich sie in meinem lädierten Zustand vergessen hatte, verschwieg ich ihr wohlweislich, auch wenn mir jeder Arzt ein entlastendes Attest ausgestellt hätte. Emma war für eine Zeitarbeitsfirma tätig, über die sie unter dem hochtrabenden Titel Officemanagerin angeboten wurde. Sie bewohnte ein kleines Häuschen in Trudering, das sie von ihrem deutschen Vater geerbt hatte. Eine Wohltat, ihre Stimme zu hören! Ehrlich gesagt, war es mir ziemlich wurscht, dass es in Messina tagsüber achtzehn *gradi* hatte, Hauptsache, sie war da und mir gut. Frauen, die etwas zu sagen haben, sollte man ohnehin nicht mutwillig unterbrechen. Für einen maulfaulen Menschen wie mich ist das wie am Kaminfeuer sitzen, Hauptsache, es brennt. Ich bin mehr auf das Manuelle hin orientiert, und im einhändigen Kronkorkenöffnen bin ich groß. Diesmal hatte ich das Motiv Herbergssuche im Bayerischen Wald erwischt und entdeckte endlich, dass auch die Rückseite des feuchten Etiketts bedruckt war, dort präsentierten sie Weihnachtslieder und in diesem Fall *Wer klopfet an?*.

Ich bin gewiss keiner von denen, die mit ein paar Bier im Leib den Moralischen kriegen und ihrer Freundin versichern, dass sie so einen Lump nicht verdient habe. Aber mir ist heute noch nicht klar, wie ich an eine so attraktive und freundliche Person kommen konnte.

Irgendwann war ich dann doch an der Reihe und versuchte, ihr diese ganze für mich so zusammenhanglose Geschichte zu erzählen. Für sie war die Sache klar.

– Du hast etwas, was ihnen gefährlich werden könnte.

– Was sollte das sein? Außer meinen Nikolausklamotten und persönlichen Habseligkeiten hatte ich doch nichts.

– Dann glauben sie eben, dass du etwas hast oder weißt.

– Das nützt mir nichts, wenn ich darüber nicht verfügen kann!

Die Sache war doch etwas komplizierter und ließ sich

nicht so einfach klären. Schließlich steuerte sie auf die Weihnachtsfrage zu.

– Kommst du über die Feiertage nach Messina?

Bisher hatte ich mich vor einer klaren Aussage gedrückt, doch jetzt, wo das Datum immer näher rückte, musste ich ihr klarmachen, dass ich das nicht drauf hatte. Außerhalb Münchens würde Heiligabend immer wie Weihnachten im Wilden Westen sein. Dass für den Italiener Heiligabend ein normaler Arbeitstag ist und Bescherung erst zu Dreikönig – geschenkt! Damit wollte ich Emma erst gar nicht kommen, transkulturell stehe ich wie eine Eins, nur nicht an Heiligabend. Dafür gibt es keine Argumente. In diesen Tagen habe ich gefühlsmäßig Schlagseite, und wenn man seine Weihnachtsweißwürste mit Brezen und Bier braucht, irrt man nicht an der Meerenge von Messina auf der Suche nach einem Fischlokal herum. Für solche Frivolitäten war mein Gemüt einfach nicht ausgelegt.

Einmal hatte ich mich mit ein paar rauen Gesellen dazu entschlossen, die Tage dreisternemäßig auf Mallorca durchrauschen zu lassen. Ich war schon mittags heillos betrunken und den ersten klaren Gedanken konnte ich erst Tage später wieder fassen. Wer also hatte da etwas davon? Am besten war ich immer noch zu Hause aufgehoben, wo ich am Spätnachmittag meine Plastiktanne mit einem Dampfstrahler entstauben, ihr die Lichter anzwicken und sie in alle Ehren einsetzen würde, die dem Teil an Heiligabend zukamen.

Das Schöne am italienischen Menschen ist, dass er dem romantischen Bayer nichts krummnimmt, schon weil er Weihnachten in diesem Sinne gar nicht kennt.

– Dann kommst du eben später, sagte Emma.

Ein guter Vorschlag. Allerdings fand sie mich mit der Zeit etwas seltsam. So viel sentimentales Schwadronieren über

Weißwürste, Fischlokale und Plastiktannen kannte sie bei mir gar nicht.

– Hast du was getrunken?

– Weißbier, sagte ich, ohne von meiner inneren Bieruhr die dazugehörige Zahl abzulesen.

Mitleid heischend fügte ich an, dass mir allerdings die Medikamente, die ich einzunehmen hätte, zu schaffen machten. Dass schon wieder ein weiteres geschmackvoll gestaltetes Fläschchen vor mir stand, verschwieg ich: Pummelige, trotz Saukälte fast nackige Engelein entrollen ein goldenes Spruchband über einer verschneiten, von innen her puddinggelb leuchtenden Alpenkapelle, auf dem *In dulci jubilo!* geschrieben steht. Auf der Rückseite das herzinnige Brixentaler Volkslied *Es wird scho glei dumpa*. Ich verabschiedete mich von Emma mit gebotenem Restanstand und verbliebener Würde, dann wurde es auch bei mir recht bald ziemlich *dumpa*, sieben Stunden Schlaf am Stück, wie umgenietet.

18

Erst Kaffee, dann Plan. Wenn in deinem dummen Schädel Worte wie Luftballons nach oben entweichen und in den Himmel entfleuchen, du noch nicht mal Anstalten machen kannst, sie festzuhalten oder gar nachzusprechen, dann liegt eine Fehlfunktion vor, die man Kater nennt. Meine Zweifel am Buddhismus gründen auf dieser *Morning-after*-Erfahrung. Da oben ist nichts, aber schon gar nichts. Nur schön ist das nicht, wenn sich der Mensch gar nicht mehr kennt. Das Kopfweh kann man beiseitelassen, das gilt im Buddhismus nicht, weil man nicht mit Alkohol arbeiten darf. Aber auch der nichtige Rest ist nicht angenehm. Man sollte nie morgens an seiner Erleuchtung arbeiten, besser abends, wenn man etwas geleistet hat. Erst Kaffee, dann Plan, also Viererkännchen Espresso einpfeifen, und schon huschte das erste *Guten Morgen* durch meinen Kopf.

Der zweite gute Morgen kam von Babsi. Vollkommen stumpfsinnig hatte ich den Hörer abgenommen, ohne zu gucken, wer da anrief.

– Und, fragte sie, hast du Bines Zeichnung gesehen?

Im Zustand eines brutalisierten Katers gelingen mir oft überraschende Dinge. Außerdem verfüge ich dann über eine Stimme wie ein Klabautermann.

– Hör zu, Babsi, du nervst. Morgen oder übermorgen hast du das Teil. Bis dahin ist Ruhe. Alles klar?

Mein Gott, das habe sie ja nicht gewusst, dass das so eine Belastung sei, ihr sei es ja nur ums Kind zu tun undsoweiter undsofort. So wäre das noch Stunden weitergegangen, aber ohne mich, ich hatte längst aufgelegt.

Aus sich herausgehen zu können putzt das Hirn durch. Schlagartig ist man wieder im Geschäft und mit beiden Beinen im Leben. Ich sammelte mich und hielt mir vor Augen, was heute zu erledigen war. Zunächst einmal rief ich im Weißbräu an und verlangte Susi. Ich wollte hören, ob sie schon etwas erreicht hatte. Nach einigem Hin und Her, bei dem der Hörer ein paar Stationen weiter wanderte, hieß es dann, sie sei krank und voraussichtlich nächste Woche wieder zurück. Demnach hatte sie noch nichts unternehmen können.

Ich gab mir einen Ruck. Die Vorhaben, die ich entwickelte, waren ebenso schlicht wie zweckmäßig und hatten den Charme einer Direttissima: Bis in den Abend hinein verkaufen wie der Vogeljakob auf der Dult, anschließend in den Weißbräu und selbst Bernis Büro filzen. Kurz vor der Sperrstunde würde ich das Lokal besuchen und mich anschließend einsperren lassen. Ich hatte nur dafür zu sorgen, dass ein unvergittertes Fenster offen stand, durch das ich wieder hinausschlüpfen konnte.

Erst einmal begann das Tagwerk. Die ersten Verkaufsgespräche verliefen noch etwas holprig. Dann fand ich immer mehr zu meiner Normalform und gab schließlich mein Bestes, als es drei lilahaarige Pelzömchen aus ihrer rundumversorgten Altersresidenz *Glockenherbst* über die Kapuzinerstraße in meinen Laden spülte. Meine Herrnhuter Sterne ließen sie ebenso kalt wie der formgeblasene Lauschaer Baumschmuck. Nicht einmal meine Eisglasamseln und das Handgeschnitzte aus Oberbayern rührten sie.

– Wissen Sie, sagte die eine, ich komme aus Gablonz.

Volltreffer! Ich wuchtete meine Kiste mit dem Gablonzer Sortiment hoch. Diese Christbaumausstattung sei antik und gewiss noch von deutscher Hand gefertigt, und wenn also die Großmutter der Verehrtesten im väterlichen Betrieb mitgearbeitet habe, dann sei es ziemlich wahrscheinlich, dass sich etwas von ihr in dieser Kiste befinde. Sie möge alles in Ruhe durchsehen, ich sei gleich wieder da. Ich lief in die Küche hinaus, schaute mich im Spiegel an und sagte dreimal: *Walnuss*. Diese Technik stammt aus der Trickkiste des Managements. Das Wort entkrampft spontan die angespannte Muskulatur, lässt die hechelnde Gier aus den Gesichtszügen verschwinden und modelliert ein fotogenes, zufrieden joviales Mündchen.

So gestärkt kehrte ich zu meinen Kundinnen zurück. Tatsächlich durfte ich ihnen wenig später ein Taxi rufen, damit sie ihre Beute ins Heim zurückbefördern konnten. Nachdem sie auch noch einen graugusseisernen Christbaumständer aus praktisch unverwüstlichem Schwedenstahl erworben hatten, legte ich jeder noch eine Packung Stanniollametta obendrauf.

19

Nachts gegen elf Uhr ging ich hinüber zum Marienplatz. Der Schnee war verschwunden, stattdessen ging Regen herunter. Gesprüht, nicht geschüttet. Frostig war es nicht, aber feucht, sodass eine klamme Kälte durch die Kleider kroch. Die ersten Buden standen bereits am Rindermarkt, inzwischen alle dicht verrammelt, optisch ein Vorteil, denn ohne den ganzen Plunder sahen die tannenzweiggeschmückten Holzhütten recht gut aus. Die Aura von Glühwein, gebrannten Mandeln, Maroni und Bratwürsten verschwand den ganzen Dezember über nicht, aber auch das mutete mit dem feierabendlich gedämpften Restaroma durchaus weihnachtlich-appetitlich an.

Allerdings hatte auch dieser Adventstag seinen Tribut gefordert, den Unerfahrene wie so oft zollen mussten: Unter den Arkaden gegenüber dem Alten Peter lag paketweise neben- und aufeinandergeschichtet ein Rudel hickehacke zugeglühweinter Amerikanerinnen, wahrscheinlich Highschoolgirls, die man in Texas schon ihrer Fahne wegen eingeknastet hätte.

Süß, warm, lecker, denkt man nur drei Becher lang, dann nagt der aufgezuckerte Bauerntrunk selbst an der Kondition eines Quartalssäufers.

Im Weißbräu checkte ich zunächst die Lage. Susi war nicht da, also musste ich vor allem auf Alois achten. Von ihm war glücklicherweise nichts zu sehen. Nur Berni fuhrwerkte herum, hatte allerdings eine betriebliche Weihnachtsfeier zu betreuen, die im Saal nebenan stattfand. Außerdem durfte ich darauf zählen, dass mehr als ein zweiter, genauerer Blick von ihm notwendig sein würde, um mich als Nikolaus in Zivil erkennen zu können. Und den brachte der Vielbeschäftigte nicht auf. Ich setzte mich in die Garmischer Stube, einen Schankraum, in dem sich vorwiegend einheimische Biernasen an ungedeckten Holztischen zusammenfinden. Von dort aus hatte man einen guten Überblick über das, was draußen auf dem Gang vor sich ging, und den unschätzbaren Vorteil, in einer Gruppe sitzen zu können, ohne das Maul aufmachen zu müssen. Reden muss hierzulande nur der, der den Drang dazu in sich spürt. Der schweigende Gast, der über seinem Bier brütet, ist normal.

Man sah, dass Berni da draußen in seinem Element war. Höchstpersönlich verabschiedete er die Gäste der Weihnachtsfeier, um sie aus seinem Lokal hinaus in ihren Heimathafen zu winken. Eine Gruppe animierter Damen umstand ihn, die seine *Schlutzkrapferl* als besonders gelungen feierten. Was der Auswärtige für eine liebkosende Bezeichnung hält, soll nur eine besonders kleine Portion anzeigen. Berni tönte, dass weder der *Kardoffi* noch das Biofleisch ihr Geheimnis bildeten, sondern die *schmackigen* Gewürze. Das kleine Berghammer-Set im verschließbaren *Tascherl* war in einer Vitrine ausgestellt und an der Theke käuflich zu erwerben.

Ich trank noch ein letztes Weißbier, dann kam auch schon die Bedienung zum Abkassieren.

– Zahlen bitteschön. Wir schließen.

Ich ging auf die Toilette. Dort gab es ein unvergittertes Fenster zum Innenhof hin, das ich mir bereits als Auslass ausgeguckt hatte. Mit einem Stück Bierfilz, den ich unter den Schenkel schob, klemmte ich das Fenster fest, dass es wie geschlossen aussah. Ich prüfte mein Provisorium noch einmal, ließ jedoch ab und fuhr erschrocken herum. Ich meinte, den Schatten eines Mannes wahrgenommen zu haben. Außerdem war ein deutlicher Luftzug von der Tür her zu spüren gewesen. Ich hielt still und lauschte. Alles war ruhig.

Als ich die Toilette verließ, war ich besonders vorsichtig, jetzt durfte mich keiner sehen. Auf leisen Sohlen schlich ich in den Keller hinunter. Ich verbarg mich in einer Kammer, in der Werkzeug und Geräte gelagert waren. Reparaturen würden heute Nacht keine mehr anfallen. Dort wickelte ich mich in meinen Mantel und setzte mich auf einen der dort abgestellten Reservestühle. Bald war es komplett dunkel und ruhig im Lokal. Aus dem Werkzeugschrank vor mir besorgte ich mir ein Stemmeisen. Zum Öffnen der Tür würde ich es vielleicht brauchen, außerdem fühlt man sich mit so einem Stahltrumm in der Hand sicherer.

Stufe für Stufe tastete ich mich hoch und vergewisserte mich, dass alles menschenleer war. Wo Bernis Büro war, wusste ich. Tatsächlich war es abgeschlossen. Es zu öffnen, war bei den alten, noch außen aufgesetzten Schlössern kein Problem. Ich setzte das Eisen einmal kurz an, ruckelte ein wenig hin und her, es knackte und schon stand ich in Bernis Allerheiligstem.

Ich zog die Vorhänge vor und knipste nur die kleine

Schreibtischleuchte an, von der ich hoffen durfte, dass sie von außen her kaum bemerkt werden würde. Dann setzte ich mich an seinen Schreibtisch und begann, den Papierberg ruhig und systematisch abzusuchen. Da lag viel Hingekritzeltes herum, kulinarische Erleuchtungen von Berni auf Notizzetteln, Autogrammkarten, Prospekte und Zeitungsausrisse. In einer Schreibtischschublade stieß ich auf edel gedruckte Einladungen zu Seminaren, die offenbar regelmäßig abgehalten wurden. Die Karten mussten nur noch mit Namen, Datum und Bernis Unterschrift komplettiert werden. So sah das sehr persönlich aus. *Geldanlage kulinarisch* war das Motto dieser Veranstaltungen. Auch beim eigenen Portfolio seien die edlen Zutaten entscheidend. Emil Maillinger gebe eine Einführung in die Kunst der klugen Geldanlage, begleitet von fünf Gängen, die von Berghammer persönlich zubereitet würden. Die Soiree finde in einem legeren, privaten Rahmen statt. Ich steckte mir eine Karte in die Tasche. Bald danach fand ich etwas, das mich zunächst wenig interessierte, dem Resultat nach dann aber doch stutzig machte: eine Mappe, die als Jahresbericht etikettiert war. Hier waren Einnahmen, Ausgaben und Kontostand sauber aufgelistet und in dem ernüchternden Satz zusammengefasst, dass dem Vereinszweck gemäß alles ausgegeben sei.

Ich bin kein Bilanzprüfer, und die Korrektheit einer solchen Aufstellung blieb ein Buch mit sieben Siegeln für mich. Doch den Unterschied zwischen einem stattlichen Guthaben und nichts begreift auch ein Ungeübter wie ich. Daher durchfuhr es mich wie der Blitz, dass ich die handschriftliche Skizze einer solchen Aufstellung, jedoch komplett anders lautend, an jenem Nikolausabend in Händen gehalten hatte. Berni hatte sie mir mit den Unterlagen für meine Rede übergeben. Wahrscheinlich wusste er gar nicht, was sich in Maillingers vermeintlicher Nikolausvorlage sonst noch befand. Dieses Papier jedenfalls steckte in meinem goldenen Buch, das inzwischen spurlos verschwunden war.

Ich schreckte hoch. Der Lichtkegel einer Taschenlampe kroch außen an den Vorhängen entlang. Ich löschte die Schreibtischleuchte. Durch einen Vorhangspalt fiel das Licht auf den Schrank neben dem Schreibtisch. Jemand hatte begonnen, das Zimmer abzusuchen. Schnell sprang ich unter den Tisch. Von dort aus peilte ich die Lage. Die Vorhänge waren so weit zugezogen, dass die Tür in einem nicht einzusehenden Winkel lag. Kriechend arbeitete ich mich zum Ausgang vor und schlüpfte in den Gang hinaus. Draußen rumorte es. Ich lief in die Toilette zu dem Fenster, das ich für mich offen gelassen hatte. Als ich den Griff fasste, um es aufzuziehen, traf mich beinahe der Schlag: Das Fenster war verriegelt.

Hatte mich doch jemand beobachtet und dafür gesorgt, dass ich wie eine Maus in der Falle saß, um mich dann auffliegen zu lassen?

Egal, ich musste hier raus, aber schnell! Ich lief zum Büro zurück, holte das Stemmeisen und brach das Fenster auf. Dann rannte ich Richtung Nationaltheater los. Am Vordereingang musste sich Polizei aufgebaut haben, jedenfalls war an den Hauswänden von der Straße her der Widerschein des rotierenden Blaulichts zu erkennen.

20

Am anderen Morgen fuhr ich schon um sechs Uhr aus dem Bett hoch. Nachts hatte ich wild geträumt, das Adrenalin pulsierte. Dazu bescherte mir die Fülle der anstehenden Aufgaben schon beim Aufstehen eine hypernervöse Verfassung. Wenn man schon so früh so hochtourig mit gezogenem Choke unterwegs ist, sollte man sich grünen Tee bereiten. Ich hatte immer einen im Haus, er ist gesund, schmeckt aber wie Stroh. Entscheidungsfreudig wie ich war, goss ich ihn wieder weg und pfiff mir doch einen Espresso ein.

Die Pein musste ein Ende haben, das war klar. Also rief ich das Hausmeisterehepaar an und sagte, dass ich nun mit meinem Bus vorbeikäme, um die Kammer leer zu räumen. Um halb acht stand ich bei ihnen auf der Matte, eine Stunde später war alles in meinem Bus verstaut. Ich fuhr zunächst zum Wertstoffhof, entsorgte die überwiegend unbrauchbaren Möbelstücke und steuerte dann gleich Babsis Wohnung an. Ein längerer Aufenthalt kam definitiv nicht infrage, also parkte ich in zweiter Reihe und buckelte die Liege zu ihr in den zweiten Stock hoch.

Dort gab es kein großes Hallo, sondern eher verhaltene Skepsis, nachdem Mutter und Tochter das Stück begutachtet hatten. Was sollte man dazu schon sagen? Polsterung einwandfrei, aufklappbare Liegefläche mit Bettkasten darunter, Cordüberzug. Wenn Klein-Bine mal eine Große wäre, würde sie für ihren Liebhaber einen Anbau benötigen, aber bis dahin hatte ja vielleicht auch Babsi wieder einen Job. Konnte mir nun egal sein. Ich schleppte das Teil ins Kinderzimmer. Die

Kleine kam mit ihrer Puppe in der Hand, trat an die Liege und legte probehalber ihren Oberkörper darauf.

– Riecht aber komisch, sagte sie.

War aber nun alles nicht mehr mein Thema, und so verabschiedete ich mich. Unten machte ich drei Kreuzzeichen und schwor, mich nie wieder auf so eine verkorkste Schuldgefühlskiste einzulassen.

Zu meiner Ladenöffnungszeit um zehn kam ich noch halbwegs pünktlich. Ich hatte mir zwei leckere Hörnchen gekauft, einen zweiten Espresso durchzischen lassen und saß nun hinter meinem Ladentisch.

Kunden waren nicht in Sicht, und so hatte ich nach diesen hektischen Erledigungen Zeit genug, meine Geschichte von gestern Abend Revue passieren zu lassen. Klar, ich hatte wieder einmal mein Glück herausgefordert. Einfach Bernis Büro geknackt. Lärm hatte ich nicht gemacht und auch sonst keine Unvorsichtigkeit in dem leeren Lokal begangen. Dass trotzdem die Polizei vor der Tür stand, das konnte kein Zufall gewesen sein! Da hatte jemand versucht, mich zu tunken. Bis gerade eben hatte die Erleichterung überwogen, dass ich mich aus dieser gefährlichen Situation herausgewunden hatte. Nun glomm als Nachbrenner doch noch Wut auf. Ich dachte, es könne nichts schaden, wenn ich den Herren Berghammer und Maillinger da drüben ein wenig einheizen würde.

Ich griff zum Telefon. Dass der Weißbräu heute erst später öffnen würde, wusste ich. Tatsächlich war der erhoffte Anrufbeantworter eingeschaltet.

– Servus Berni, sagte ich, jemand sollte sich mal darum kümmern, wo das Spendengeld abgeblieben ist.

Erst mal war mir wohler. Später kam Zweifel auf. Der Gegenschlag würde nicht lange auf sich warten lassen und genauso grob ausfallen. Welche Antwort erhielt man denn, wenn man auf Bayerisch anfragte: Magst eine Fotzen?

Und schon klingelte das Telefon. Ich zögerte und nahm lieber nicht ab.

War auch besser so, denn Babsi war am Apparat. Unerträglich gefühliger Wortdampf zischte aus meinem Anrufbeantworter. Als wäre eine Therapeutin am Apparat. Dabei blieben sie ja in der Sache stets eisenhart. Es tue ihr furchtbar leid, aber diese Liege sei für ihr Mädchen vollkommen ungeeignet, hart, hässlich, dazu rieche sie ziemlich muffig. Wann ich sie denn wieder abholen könne?

Hätte ich so gedurft, wie ich gewollt hätte, hätte ich in dieser tiefen Bedrängnis das Fenster geöffnet und ein wilder, weithin, womöglich bis über die Alpen hinaus hallender Schrei hätte sich meiner Männerbrust entrungen, der eine Horde ungebärdiger, haariger Kerle mit ebensolchen Schwänzen herbeigerufen hätte, um diese kapriziösen Mütter samt ihren Bälgern aus der Stadt zu fegen, die darauf bestanden, dass ihnen Tag und Nacht Puderzucker in ihren Königinnen- oder Prinzesschenarsch geblasen wurde.

– Ja bin ich denn hier der Depp?

Ich presste meine Wut in eine Stahlkammer, die ich in meinem Hirn für solche Notfälle eingerichtet habe. Dort war sie eine Weile zumindest sicher verwahrt. Dann wusch ich Geschirr ab, um mich zu beruhigen. Schließlich hörte ich draußen den ersten Kunden.

21

Mittags war es an der Zeit, das für mich zu tun, was ich mir schon vor einiger Zeit vorgenommen hatte. Ich wollte bei Schwester Adeodata ausloten, ob es für meine verlorene Einladung Ersatz gäbe. Persönliches Erscheinen war in diesem Fall sicher angemessen, und damit stellte sich das Problem, dass mein Trödlerzivil der Guten, die mich im Amtsornat kennengelernt hatte, vermutlich eine große Enttäuschung bereiten würde. Aber für solche Fälle hat man ja immer etwas von der Stange vorrätig. Ich entschied mich aus meinem Kostümfundus für einen schwarzen, eleganten Gehrock, der das Herz einer kirchlich gebundenen, alten Dame durchaus rühren konnte. So ausstaffiert, schloss ich meinen Laden ab und ging hinüber zum Altenstift.

Schwester Adeodata saß in ihrem Pucki-Büro an der Pforte. Ich klopfte an die offene Tür.

– Wir haben Mittag, Besuchszeit erst wieder ab vierzehn Uhr, sagte sie, ohne von ihren Unterlagen aufzusehen.

– Von drauß' vom Walde komm ich her, orgelte ich mit tiefer Stimme.

Adeodata fuhr hoch und strahlte.

– Der Nikolaus! Das ist eine Überraschung.

Sie musterte mich, fasste mich dann unter und zog mich hinter sich her in den Gang hinaus.

– Darf ich Ihnen etwas anbieten? Es gäbe sogar noch etwas zu essen.

Ich winkte ab.

– Oder eine Tasse Kaffee?

So landeten wir also im Tagescafé, das gut gefüllt war.

– Stell dir vor, wer wieder da ist, sagte sie zu der Thekenhilfe, die Getränke und Gebäck ausgab. Unser Bischof!

Respektvoll sahen mich die Umstehenden an, ich nickte ihnen zu. So einen Empfang bekam man nicht alle Tage. Wir setzten uns, tranken Kaffee, und ich erzählte Adeodata die Geschichte von der verlorenen Einladung.

– Du meine Güte!

Sie grübelte. Das sei eine schwierige Angelegenheit, weil ja der Herr Kardinal persönlich alle Einladungen unterschrieben hätte. Dann aber meinte sie, dass sie sich vielleicht an Monsignore Bachl vom Domkapitel wenden könne, der – sie hob den Finger wie der Lehrer Lämpel – da unter gewissen Umständen tätig werden könnte. Sie legte mir beide Hände auf den Unterarm.

– Wissen Sie was, ich probiere es! Dann sind wir zwei schlauer.

Zur Bekräftigung klopfte sie mir zweimal auf den Arm und stimmte ihr spröde gewordenes Lachen an.

– So, und jetzt, sagte sie, zeige ich Ihnen noch etwas von unserem Stift.

Wir standen auf. Mein Blick begegnete dem eines älteren Herrn am hinteren Tisch, und da durchfuhr es mich wie ein Blitz. Das war dieser Viktor de Kowa in Seemannsausführung, der am Nikolaustag in seinem Wagen an mir vorbeigepreschte war. Er musterte mich mit einem seltsam melancholischen Blick. Zwischen uns war eine Vertrautheit, ich meinte, die des Wiedererkennens. Dass mich der Alte aus seinem Auto heraus in meiner Verkleidung hätte identifizieren können, war sicher ausgeschlossen. Aber vielleicht hatte er in meiner Miene lesen können, was Sache war.

Wieder zog mich Adeodata mit sich fort.

– Der alte Herr da am hinteren Tisch, wer war das denn?

– Der Herr Albert! Den sollten Sie mal kennenlernen! Solche gibt es nicht viele. Der ist gut gesäumt, ein solventer Mann.

Sie rieb Daumen und Zeigefinger aneinander. Dann flüsterte sie mir ins Ohr:

– Was der schon in unseren Sozialfonds hier hineingegeben hat! Da machen Sie sich keine Vorstellung.

– Spenden?

Adeodata nickte.

– Und zwar großherzige. Man muss schon auf ihn aufpassen. Das spricht sich herum, und wenn irgendetwas ist, ein Problem oder ein Notfall: Immer heißt es, bitte, Herr Albert, helfen Sie doch.

Sie zog mich an sich heran.

– Vor ein paar Tagen haben sie einen Krebs bei ihm festgestellt.

Sie wiegte den Kopf. Eine große Chance räumte sie ihm nicht mehr ein.

Wir standen vor der Hauskapelle. Adeodata zog die Flügeltür auf. Großer Stolz stand in ihr Gesicht geschrieben.

– Eine Pracht, oder? Über zehn Jahre lang haben wir Schwestern für die Restaurierung gesammelt.

Ich nickte und schwieg. Was hätte ich zu dieser tristen Bescherung schon Verständiges sagen sollen, außer dass die Kirchenmalerei der sechziger und siebziger Jahre sowieso nie an die besten Zeiten anknüpfen konnte. Die Figuren sahen auch nach zwanzig Jahren Wirtschaftswunder immer noch so kummervoll drein wie Kriegsheimkehrer im Nachthemd. Stakebeinige Jünger, flirrende arme Seelen, Stelzärmchen mit Spinnenfingern in weiten Kutten, die sich nach oben recken, noch einmal flirrende arme Seelen, Verdammte, die am Jüngsten Tag in ihren Erdlöchern bleiben müssen, und schon wieder flirrende arme Seelen. Kein Petrus mit Bart, kein Englein mit Speckröllchen, kein schrulliger Einsiedler in seiner Wüstenei, keine Versuchung des heiligen Antonius. Der Himmel, nach dem wir hierzulande streben, ist weißblau, und flirrende arme Seelen, die wie Geißeltierchen aussehen, kommen da sowieso nicht hinein. Man hätte weinen mögen, es sei denn, man verfügte über die robuste Psyche von Schwester Adeodata.

Also wich ich in meinen Anmerkungen mehr auf das Technische wie Heizung und Lichtanlage aus.

– Kennen Sie sich da aus, fragte Adeodata.

Wie immer bewährte sich ihr praktischer Sinn.

– Warum?

– Das Leselämpchen im Beichtstuhl brennt nicht mehr. Ob Sie mal danach schauen könnten?

– Aber sicher.

Ich war froh, dass ich damit ein Betätigungsfeld hatte und mich nicht zu dieser scheußlichen Kapelle äußern musste. Klappwerkzeug hatte ich, wie gewohnt, in der Tasche. Adeodata sagte, sie wolle dann gleich mal Monsignore Bachl anrufen, wenn ich mich hier schon nützlich machte.

Das Lämpchen hatte einen Wackelkontakt, den Draht wieder zu befestigen war eine Kleinigkeit.

– Gelobt sei Jesus Christus, sagte eine männliche Stimme zu mir.

– In Ewigkeit. Amen.

Das war ein Reflex, so wie bitte auf danke folgt. Eine gut katholische Erziehung kriegt man nie aus den Knochen.

– Herr Bischof, ich habe schwer gesündigt.

Durch das Gitter hindurch erkannte ich Herrn Albert. Ich fuhr hoch und wollte gehen.

– Bitte bleiben Sie, hören Sie mir zu.

Ich setzte mich wieder.

– Sie wissen es doch ohnehin, wahrscheinlich seit dem Nikolausabend. Ich bin ein Dieb. Viermal habe ich aus der Bankfiliale Harlaching Geld geraubt. Das waren sicher so um die Hunderttausend. Ich gebe zu, dass ich etwas davon für mich verwendet habe, für eine Reise und sonst ein wenig mehr Luxus. Aber Sie sollten auch wissen, dass ich den größten Teil hier in den Ausbau der Sozialstation gesteckt habe. Oder in die medizinische Versorgung von Leuten, die das Geld nicht hatten. Bevor Sie mich verurteilen, sollten Sie das bedenken.

Ich war vollkommen verblüfft und brachte kein Wort heraus. Verwechselte der mich wirklich mit einem Priester oder versuchte er einfach, mir zuvorzukommen, um sein Schicksal noch zum Bestmöglichen zu wenden?

– Aber wie soll das denn weitergehen, fragte ich. Wie stellen Sie sich das vor?

Er gab keine Antwort. Ich kniff die Augen zusammen, um ihn besser fixieren zu können, aber da war niemand mehr.

22

Schwester Adeodata war untröstlich. Sie hatte Monsignore Bachl nicht erreicht, und nun glaubte sie, dass diese Nachricht mich so niedergeschlagen machte. Ich versuchte ihr das auszureden und sie meinerseits aufzumuntern. Aber wenn zwei aus völlig unterschiedlichen Motiven sich aufzuhelfen versuchen, dann ist man in einen aussichtslosen Kreisverkehr geraten, wo jeder glaubt, dem anderen hinterherfahren zu müssen.

– Wird schon wieder, sagte ich.

Dann verabschiedete ich mich und ging.

Was sollte ich nun mit diesem Herrn Albert anstellen? So senil oder dämlich, mich mit einem Bischof zu verwechseln, war kein Mensch. Mit meinen Haaren und Koteletten ging ich noch nicht mal als Gefängnispfarrer durch. Aber mit dieser vielleicht verzweifelten Aktion hatte er versucht, das Beichtgeheimnis für sich in Anspruch zu nehmen und mich damit in eine moralische Bredouille zu bringen. Wer den Nikolaus spielte, sollte dafür anfällig sein, so dachte er wohl. Und wer wie ich in jungen Jahren als Ministrant mit dem Frauenbund bei der alljährlichen Wallfahrt das Diözesanmuseum besuchte, wo unter einer silber- und brokatverzierten Glasglocke die abgeschnittene Zunge des heiligen Nepomuk ausgestellt war, die er dem Beichtgeheimnis geopfert hatte und die auf unergründlichen, nur Gott bekannten Wegen als Premiumreliquie von Prag in den süddeutschen Raum gelangt war, wer das erlebt hat, wusste doch, dass es sich bei dem Schweigegelübde um ein hochkarätiges Gut der heiligen katholischen Kirche handelte. Und vor dieser Vitrine konnte schon der alte Stadtpfarrer Seppenhofer dem Frauenbund deutlich machen, wo die messerscharfe Trennungslinie zum Protestanten verlief. Denn der protestantische Pastor nehme schon mal keine Beichte ab, geschweige denn, dass er dem Bußfertigen Verzeihung gewähre, und selbst wenn ein solcher Pastor Geständnisse entgegennehme, könne man nicht wissen, ob er stante pede aufstehe und im nächsten Revier Anzeige erstatte. Am liebsten hätten die Frauenbündlerinnen über so viel Ruchlosigkeit mit den Zähnen geknirscht, und man brauchte keine große Fantasie, um sich vorzustellen, wie sie zu einer Denunziation von Herrn Albert gestanden wären.

Natürlich war ja unsereiner kein Theologe, und man hätte darüber streiten können, ob das, was einer im Beichtstuhl einem Nicht-Kleriker gestanden hatte, überhaupt unter die Kategorie des zu schützenden Geheimnisses fiel, das meinen Mund für immer versiegelte. Um das sauber klären zu können, hätte ich vermutlich beim Papst in Rom persönlich durchrufen müssen, hier war mir mit einem Wald- und Wiesen-Theologen nicht geholfen, das musste eigentlich ex cathedra entschieden werden.

Von der anderen Seite her konnte man den Fall unkomplizierter durchdenken: Der Münchner Bank war ich nichts schuldig, dass ich mich zu deren Büttel hätte machen müssen. Der Mann hatte keinen umgebracht, allerdings Geld geklaut, es aber überwiegend karitativen Zwecken zugeführt. Das einzige Problem war, dass auf der Sozialstation nicht *Errichtet mit einer Spende der Münchner Bank* draufstand. Die Bank hatte keinen ideellen Gegenwert für ihre unwissentliche Hochherzigkeit erhalten. Aber hat unsereiner denn schon mal eine Tafel gestiftet bekommen für seine Wohltaten an der Menschheit?

Gedankenschwer langte ich bei meinem Laden an. Ein Mann meines Alters stand vor dem Schaufenster. Jeans samt ebensolchem Hemd, gefütterte Lederjacke und einen Swarovski-Brilli im Ohr. Ich tippte auf Streetworker und lag damit nur wenig daneben.

– Bist du Gossec?
– Ja.

– Servus. Ich bin der Edi, ein Freund von Julius.

Ich sperrte die Ladentür auf und machte eine einladende Geste, die meine gesamte Ware umfasste.

– Zehn Prozent auf alles, was du hier findest, okay?

Er drückte die Tür zu.

– Wir haben ein Problem. Kannst du wieder zusperren?

Ich schaute ihn skeptisch an.

– Es geht um Julius, setzte er hinzu.

Ich drehte den Schlüssel wieder um, winkte ihm und ging voraus in die Küche.

– Setz dich. Also, was gibt es?

Er kramte eine Zigarette aus der Tasche, zündete sie an und redete, ohne mir in die Augen sehen zu können.

– Sie haben Julius geschnappt.

– Wie bitte?

– Geschnappt, eingeknastet. Er sitzt in der Ettstraße in U-Haft.

Diese Nachricht riss mich hoch. Ich fasste in seine Brusttasche und holte mir auch eine Zigarette.

– Also mal der Reihe nach und ganz von vorn.

– Das mit dem Konzert von Jimmy Page an Silvester weißt du?

– Klar.

– Vor ein paar Tagen haben wir uns beim *Hafner* in der Kneipe getroffen, um noch ein paar organisatorische Details zu diskutieren. Beschallung, Licht, alles sollte ja minutiös geplant sein. Und so sind wir dann auch beim Brainstorming zwangsläufig auf das Koks gekommen.

– Koks? Redest du irre?

Er blies den Rauch nach oben und schaute mich abschätzig an.

– Genau: Koks. Oder glaubst du, dass es unter den Granatengitarristen einen gibt, der ohne auf die Bühne geht? Und selbst wenn er kein Koks will – keine Ahnung auf welchem Trip der im Moment ist! –, kapiert er doch, dass das bei uns ein Superservice ist, wo an alles gedacht ist. Verstehst du? Performancemäßig könnte so was den Ausschlag geben.

Er schaute mich Verständnis heischend an, blickte jedoch in ein absolut leeres Gesicht.

– Dachten wir uns jedenfalls.

– Also komm, Freund, nun leg mal einen Zahn zu. So eine Schnapsidee alleine bringt Julius nicht in den Knast.

– Genau, erwiderte Edi. Wir haben die Jobs unter uns verteilt, wer was macht, Licht, Beschallung und so…

– Und Julius sollte das Koks besorgen?

– Genau. Weißt du, die meisten von uns sind ja im Staatsdienst, Lehrer, Bewährungshelfer. Wenn sie dich da mit so etwas erwischen, gute Nacht Abendland!

Ich hatte die ganze Szene genau vor Augen. Sie hatten sich für diesen absurden Plan den gutmütigsten Trottel in der ganzen Runde ausgesucht. Und Julius hatte natürlich nicht ablehnen wollen.

– Du bist Bewährungshelfer?

Er nickte.

– Ich bin mit Julius jetzt seit fast fünfzehn Jahren befreundet, da kennt man sich. Aber auch jemand wie du sollte doch merken, wie er tickt: gutmütig bis zur Selbstaufgabe. Hättest du da nicht eine Fürsorgepflicht gehabt?

Edi brummte, zuckte die Achseln. Er wand sich sichtlich.

– Que sera, sera.

Das war zu viel. Ich haute ihm lieber gleich eine runter. Er machte keine Anstalten sich zu wehren, hob nur die Hände und machte diese krampfig drückenden Bewegungen nach unten, die bedeuten, man solle sich abregen. Bewährungshelfer eben. Diese Kerle haben dank ihrer beruflichen Laufbahn den Pazifismus von Baldrianperlen im Leib.

– Mann, Mann, sagte er schließlich, lass aus deinem Ego mal ein bisschen Luft ab, ja?

– Hör mir bloß mit diesem Egoscheiß auf, mit diesem Getue, als hätten sie euch allen die Eier abgeschnitten. Lass dir gesagt sein: Das Ego abzubauen lohnt sich nur dann, wenn du früher mal eines hingestellt hast. Und bei dir sehe ich da nichts. Null! Wo ein Loch ist, kannst du nichts abbauen, sonst rutschst du nur noch tiefer ins Minus.

Ich ging nach hinten und holte meine Jacke.

– Wo wollte Julius Koks kaufen?

– Von dem Typen, der ihm den Shit besorgt.

– Mogli? Meine Fresse, ausgerechnet der!

Mogli war ein charakterloses Arschloch, ein Kleingauner, der sich bei jedem Geschäft etwas vom Stoff abzweigte und sogar seine Tante übers Ohr gehauen hätte, weil er selbst süchtig war.

– Um wie viel ging es?

– Ein paar Gramm. Was man eben so für den Abend braucht.

– Und das habt ihr aus der Vereinskasse bezahlt?

– Ja.

– Also raus jetzt, ich habe zu tun.

Edi stand auf und verschwand. Grußlos, das war aber auch besser so.

Adieu Weihnachtsgeschäft! Ich klemmte mir den Totschläger in den Hosenbund.

23

Ein Drogenproblem hat es in München noch nie gegeben, weil man sich den Weltruf des Münchner Biers von niemandem versauen lassen möchte, weil Kokaineskapaden auf Prominentenpartys Ausnahmefälle sind, die wegen der medialen Aufmerksamkeit wilder erscheinen, als sie sind, und weil bei jeder Ansammlung von mehr als drei Junkies an einem unserer schönen Plätze die ganze Szene so lange um die Höfe gejagt wird, bis sie wieder so unsichtbar ist, wie sich das gehört. Aber in Haidhausen gab es eine Kneipe, in der man zumindest fragen konnte, wo Mogli steckte.

Die Zeiten von wegen Bewusstseinserweiterung durch Drogen sind lange vorbei, heute nimmt man sie, weil man sie braucht und weil man sich aus dieser tristen Welt verabschieden möchte. Dementsprechend nüchtern war die Kneipe, in der ich Mogli anzutreffen hoffte, mit dem Charme einer abgenudelten Bahnhofsschenke, man ist ja nach woandershin unterwegs.

Der Erstbeste, den ich ansteuerte, saß auf der Bank und blätterte zu seinem Bier in einem Reisemagazin herum. Mit seiner pockennarbigen Fresse konnte er auch außerhalb der Faschingszeit als Kraterfeld gehen, was ihn jedoch nicht davon abhielt, pampig zu werden.

– Warum sollte ich einer Type wie dir auf die Nase binden, wo Mogli steckt, sagte er.

Wenn ich so viel Druck unter der Schädelplatte habe, sollte mir niemand blöd kommen. Vor allem wenn er zu erkennen gab, dass er wusste, was ich hören wollte. Ich legte den Totschläger an meinem Hosenbund frei.

– Weil ich die Info sonst aus dir herausklopfe.

Er schoss hoch, wahrscheinlich, um irgendwelche Kumpane zu Hilfe zu rufen. Ich haute ihm mit der Rute in die Kniekehlen, und er sank mit schmerzverzerrter Miene auf die Bank zurück.

– Wo steckt er?
– Zu Hause.
– Adresse?

Dass solches Gelichter in der Franziskanerstraße wohnt, wenn auch im Rückgebäude, wirft kein schönes Licht auf diesen Orden.

– Du hältst jetzt die Fresse, trinkst dein Bier und vergisst den ganzen Vorfall. Wenn du auch nur ansatzweise Ärger machst, hau ich dir die Hucke voll.

Er nickte. Schon war ich wieder draußen.

24

Das Haus in der Franziskanerstraße war schnell gefunden. Durch einen modrigen, nach Urinstein riechenden Hausgang kam ich in den Hinterhof. Die Tür unten war offen, geklingelt hätte ich ohnehin nicht, es war immer klüger, sich direkt vor der Wohnung einen Eindruck zu verschaffen, ob jemand da war. Hier im Haus wurde zweifellos engagiert gekocht, im Parterre umwehte einen der Dunst von frittiertem Fisch, ab dem ersten Stock mischten sich ebenso fette Aromawolken von Schweinebraten dazu.

In der dritten Etage stand ich schließlich vor Moglis Bude. Dass er da war, war nicht zu überhören. Die Wohnungstür pulsierte wie das Fell eines Basstöners. Ich klingelte und klopfte kräftig an. Nach einiger Zeit wurde die Musik drinnen abgestellt, aufmachen wollte mir dennoch niemand, man zog es vor, sich tot zu stellen. Ich prüfte das Schloss, typisch Altbau, wäre ein Fall für die Scheckkarte gewesen, aber ich hatte solide Stiefelsohlen: Ein Tritt und der Zugang war frei.

Da hatte sich Mogli einen Junggesellentraum hingezaubert, wie man ihn sonst nur noch in italienischen Motorrollerwerkstätten vorfindet. Die thematische Konzentration auf Frauen und Fahrzeugtechnik war unübersehbar. Leder, Lack und Chrom mit und ohne Frauen, so musste es sein, das Hobby ging beim Mann schließlich vor.

Auch wenn fremde Wohnungen mit solchen Überraschungseffekten in der Ausstattung aufwarten konnten, war man gut beraten, sich nicht schutzlos hineinzuwagen. Meinen Totschläger hielt ich bereits in der Hand, und das war auch gut so, denn Mogli kam aus dem angrenzenden Zimmer gestürzt. Er trug nicht mehr als purpurfarbene Boxershorts, was sein schwarzes Brustfell schön zur Geltung brachte, das am Hals fast übergangslos in einen Dreitagebart überging. Geräuschvoll und mit theatralischer Geste klappte er ein Butterflymesser auf.

– Na komm her, schrie er, ich schlitz dich auf.

Typen mit Butterflymessern sind Blender. Wenn das Ding aufgeklappt ist, ist die Nummer auch schon zu Ende. Im ausgefahrenen Zustand hast du massive Probleme, eine Orange damit zu schälen. Ein kurzer Kick mit meiner Stahlrute genügte, ihm das Ding aus der Hand zu schlagen. Ich deutete einen scharfen Hieb an und zog den Totschläger pfeifend durch die Luft.

– Lass den Scheiß, Mann!

Mogli flüchtete und zog sich in das Zimmer zurück. Dort kreischte jemand auf. Ich setzte nach. Eine weißblonde, junge Frau lag auf einem Bett, das wie eine Felloase in der Mitte des Raumes platziert war. Mogli hatte sich eine Wasserflasche gegriffen und machte Anstalten, auf mich loszugehen. Jetzt wurde es mir doch zu bunt, ich zog ihm einen Striemen über den Handrücken, er heulte auf, und ich hatte alle Zeit der Welt, ihm einen Schlag in die Rippen zu versetzen, der ihn auf das Polster sinken ließ. Nun versuchte die Blondine, die Flucht anzutreten, sie kroch auf allen vieren zur anderen Seite des Betts. Dort lag auf einem orientalischen Rauchertischchen ihr Handy.

– Finger weg. Lass das, sagte ich.

Sie krümmte sich auf dem Bett zusammen. Ich angelte mir ihr Handy. Das Teil war ein Mädchentraum, rosa lackiert, chromverziert und strassbesetzt, dazu mit einer Perlenschnur-Schlaufe. Rosa schien überhaupt ihre Lieblingsfarbe zu sein. Slip und BH, mehr trug sie nicht, waren erdbeerflipfarben. Die Körbchen wurden von weißer Spitze abgeschlossen, als würde sie da oben Törtchen mit sich herumtragen.

– Zieh dich an und mach keinen Ärger, sagte ich.

Ich machte eine Bewegung, als würde ich ihr Handy unter meiner Stiefelsohle zermalmen.

– Sonst trete ich dein Herzensstück in Kleinstteile.

Tränenerstickt, aber tapfer nickte sie. Sie raffte ihre Kleidung zusammen und wieselte in die Küche.

– Lass die Tür auf, dass ich mitkriege, was du da treibst, rief ich ihr hinterher.

Sie gehorchte.

Mogli hatte aufgegeben, er markierte den toten Mann.

Ich warf ihm seinen schwarzen Bademantel zu.

– Setz dich. Ich will mit dir reden.

Er schlüpfte in das flauschige Teil und nahm auf dem Hocker Platz.

– Also erzähl mal, wie war das mit Julius Balser, dir und dem Koks?

Mogli schaute mich mit traurigen Augen an.

– Scheiße, Mann, ich wollte das nicht. Echt. Aber der Typ steht plötzlich da, sagt, ich will Koks. Hey Mann, wozu braucht so ein Kiffer wie du Koks, frage ich. Er sagt nichts. Logisch, denke ich. Der Typ will dealen. Ist doch Scheiße, Mann. Vermasselt das Geschäft. Okay? Machst du doch lieber selbst, oder? Dann musst du ihm zeigen, wo es langgeht…

Wie andere Hängehosen radebrechte auch Mogli mit der zunehmend hysterischer werdenden Kopfstimme eines Klageweibs. Wenn man ihn nicht stoppte, würde er nun den unerträglichen Frequenzbereich eines Handmixers erreichen.

– Jetzt halt mal die Luft an und mach dich locker. Wer soll denn dieses unzusammenhängende Gewäsch verstehen? Was hast du ihm verkauft, wie viel und was hast du dafür eingesteckt?

Mogli ließ den Kopf sinken.

– Okay, ich habe meine Kunden, war schon ziemlich knapp und hatte nichts für ihn, wollte aber die Kohle.

Das klang nach einer ziemlich guten Nachricht.

– Was war in dem Tütchen?

– Das Übliche, was wir Typen andrehen, die neu in der Szene sind.

Ich verstand. Er hatte Julius geleimt und ihm ein Pülverchen verkauft, mit dem er sich zwar eine Backpulver-Aspirin-Schorle mixen konnte, aber nichts weiter.

– Sehr gut, sagte ich und klopfte ihm auf die Schulter. Wenn es nötig ist, komme ich darauf zurück.

– Bullen, fragte er ängstlich.

Ich zuckte die Achseln.

– So und jetzt rückst du die Kohle heraus, die du ihm für den falschen Stoff abgeknöpft hast.

Er ging zu seiner Hose und zog Geldscheine aus der Tasche, von denen er drei abzählte und mir auf die Hand legte.

– Dreihundert. Mehr war nicht.

Ich legte das Handy auf die Felldecke zurück und machte mich vom Acker.

25

Ich war froh, dass ich mich auf die Pirsch gemacht hatte. So wie die Dinge standen, würde Julius ohne Beanstandung freikommen. Man musste den Herren in der Ettstraße nur Bescheid sagen. Ich war ohne Verzug in die Innenstadt unterwegs, um diesen trotteligen Bären auszulösen.

An der Pforte sagte ich, dass ein Freund von mir hier einsitze und ich wichtige Angaben zur seiner Entlastung vorzutragen hätte. Der Pförtner telefonierte, ich machte Winkewinke in die Videokamera und dann durfte ich hoch ins Drogendezernat. Als ich das Zimmer betrat, dessen Nummer man mir gegeben hatte, hätte mich fast der Schlag getroffen. Hinter dem Schreibtisch saß Inspektor Dorst. Ich hatte diesem Peinsack vor Jahren die Fresse poliert und wusste, dass er wie eine Muräne darauf lauerte, zubeißen zu können. Er hatte sich erhoben, streckte die Hand aus und kam mit einem Grinsen auf mich zu, mit dem man Nüsse hätte knacken können.

– Gossec, das nenne ich eine Überraschung!

– Ganz meinerseits, Inspektor. Sie hatte ich hier nicht vermutet.

– Kommissar! Treppe hochgefallen, wie wir sagen. Dazu eine neue Abteilung. Aber wer möchte schon dauerhaft mit Mord konfrontiert sein.

Wir setzten uns. Ich griff in meine Brusttasche, Dorst hob den Finger.

– Rauchen verboten! Worum geht es?

Ich schilderte ihm kurz die Angelegenheit. Dorst holte sich den Fall auf den Bildschirm.

– Tja. Die Geschichte ist eine Einbahnstraße. Wir haben Balser an diesem Abend in einer einschlägigen Kneipe aufgegriffen. Er hat sofort alles zugegeben.

– Aber es war kein Koks, schrie ich. Nichts! Null!

Dorst machte wieder den Nussknacker und bleckte sein Gebiss. Er genoss es, mich aus der Reserve gelockt zu haben. Er ging zu dem in der Ecke stehenden Blechschrank und holte einen Plastikbeutel heraus. Er wedelte damit vor meiner Nase herum.

– Das ist der Rest. Das Labor musste sich ja auch etwas von Ihrem teuren Stoff abzweigen.

Er ging zu seinem Bildschirm zurück.

– Unsere Chemiker sind inzwischen ja ganz schön ausgebufft, unsereiner hat da echte Schwierigkeiten mitzukommen. Aber wenn ich mich nicht irre ...

Er nestelte das Tütchen aus der Plastikhülle.

– Haben Sie schon Ihre Lebkucken für Weihnachten gebacken?

Ich wusste nicht, worauf er hinauswollte. Er steckte mir das Tütchen in meine Brusttasche.

– Versuchen Sie es doch damit! Könnte klappen.

Ich hätte ihn auf der Stelle würgen können. Mühsam beherrschte ich mich.

– Warum ist Julius dann nicht schon längst auf freiem Fuß?

Dorst runzelte die Stirn.

– Verdunklungsgefahr. Womöglich hat er doch noch größere Mengen anderweitig versteckt. Außerdem sind wir hier eine Behörde und kein Supermarkt, wo man nur durch die Kasse müsste. Der Haftrichter, wo wird der im Moment wohl sein? Ich habe keine Ahnung, der Mann hat doch auch zu tun. Aber wissen Sie was? Morgen Vormittag, werden Sie ihn sicher zurückbekommen – Ihren Freund.

Er schüttelte mir die Hand und schob mich zur Tür.

– Gossec, nehmen Sie es sportlich: Er hat versucht, sich Koks zu besorgen, und wir haben versucht, ihn einzusperren. Dann sind wir doch quitt, oder?

Mit einer Riesenwut im Bauch fuhr ich nach Hause. Ich machte einen kurzen Abstecher in Erikas Ausschank und kippte zwei Cognacs auf den Ärger. Noch an der Theke, nahm ich das Briefchen genauer in Augenschein, das mir Dorst in die Tasche geschoben hatte. Als ich mit den Fingerspitzen darüberstrich, spürte ich eine wachsartige Oberfläche. Jetzt kam auch die Erinnerung wieder. Genau so hatte sich das Tütchen am Nikolausabend angefühlt, auch das gelbliche Papier war identisch. Das konnte ein großer Zufall sein, aber daran glaubte ich nicht. Die Quelle war dieselbe. Daraufhin gönnte ich mir noch einen Cognac und beließ es dabei, denn am nächsten Tag hatte ich wieder volles Programm.

Die Nachricht, die mein Anrufbeantworter gespeichert hatte, war heftig. Es war wohl die Retourkutsche auf meinen patzigen Hinweis. Ein näselnder Kerl mit Namen Emmelmann, unüberhörbar Anwalt, wies süffisant darauf hin, dass die Videokamera des Weißbräu eindeutige Bilder zeige, zwar ein wenig dunkel, doch deutlich erkennbar Herrn Gossec. Wenn ich also daran interessiert sei, die Sache beizulegen, dann möge ich einen Termin in seiner Kanzlei vereinbaren.

Schöne Bescherung! Nun wurden doch noch zwei Cognacs fällig. Vernünftig war das nicht, aber souverän ist der Mensch nur in freier, manchmal hochprozentiger Verausgabung, in der er Dinge tut, die er definitiv nicht tun sollte.

26

Morgens um sieben Uhr stand Julius vor meiner Tür.

– Ich habe schon gehört, dass du versucht hast, mich rauszuhauen. Wenigstens auf dich kann man sich verlassen.

Er kam herein, setzte sich in der Küche auf einen Stuhl und stierte den Boden an wie ein kurzsichtiger Adler.

– Was du da geliefert hast, sagte ich, ohne Worte!

Deprimiert nickte er. Ich machte einen Kaffee.

– Ich habe jetzt erst mal Urlaub genommen. Kann ich was für dich tun, du hast doch sicher Aufwand und Ärger wegen mir gehabt?

– Klar, erwiderte ich. Aber nicht ganz erfolglos.

Ich zog die Scheine aus dem Beutel, die ich Mogli abgeknöpft hatte. Julius steckte sie mit feuchten Augen in die Tasche.

– Wenn du dich ausgeweint hast, sprechen wir über Kompensationen, oder glaubst du, dass du ungeschoren davonkommst?

Eine Art Lächeln huschte über Julius' Gesicht. Ich ging in den Laden und holte eine Liste.

– Das sind meine Preise. Fünfzehn Prozent mehr oder weniger spielen keine Rolle. Kannst du meinen Laden heute machen, ich habe noch eine Menge Klötze am Bein?

Julius nickte.

Ich tackerte sofort los.

27

Babsi versuchte mit forschenden Blicken meine Stimmung zu erkunden, als ich vor ihrer Tür stand. Ich lupfte grüßend meine Mütze.

– Und das Mädel, fragte ich.

– Im Kindergarten.

– Ist auch besser so, sie könnte sonst einen Schock fürs Leben bekommen.

Babsi schaute zunehmend hysterisch. Sie hielt sich am Türpfosten fest.

– Was hast du vor?

Ich schob sie beiseite und ging ins Kinderzimmer. Zuvor hatte ich bereits das Terrain sondiert. Ein potthässlicher, gepflasterter Hinterhof ohne Baum und Strauch, aber mit großen Müllcontainern, ideal für mein Vorhaben.

Mein Prachtstück war in die Ecke geschoben worden. Ich öffnete das Doppelfenster und wuchtete die Liege auf das Sims. Babsi hinter mir begann zu schreien. Sie hatte gemerkt, wohin der Hase lief. In diesem Stadium war mir das vollkommen knödel, ich spürte schon jetzt, dass mir diese Aktion in jeder Hinsicht guttun würde. Ich guckte noch mal hinunter, der Hof war leer, die Tür weit genug entfernt. Mit einem Ruck kippte ich das Ding durch den Auslass, wo es krachend auf dem Pflaster zerschellte. Ich schloss das Fenster und klopfte mir die Hände an der Hose ab.

Babsi stand bleich an der Tür.

– Bist du wahnsinnig? Ich glaube, ich hole die Polizei.

Ich lupfte wieder meine Mütze.

– Gehab dich wohl. Und eines noch…

Ich packte sie am Arm.

– Ruf mich nie wieder an. Nie wieder, verstehst du.

Ich ging in den Hof, klaubte die Bruchteile zusammen und schmiss die Trümmer in den Container. Das Wichtigste war, dass meine Wut entsorgt war, der andere, ebenso große Teil lief als Restmüll und das Rosshaar der Matratze kam in die Biotonne. Da hatte man seine Prinzipien.

Pfeifend verließ ich das Anwesen. Nun war ich für den Anwalt gerüstet.

28

Dr. Emmelmann residierte mit seiner Kanzlei am Prinzregentenplatz ganz oben im Dachgeschoss. Wahrscheinlich konnte man bei klarer Sicht von hier aus sein Chalet in den Bergen sehen und winters, ob der Skilift am Brauneck in Betrieb war. Ohne Termin hier aufzukreuzen war natürlich ein Fauxpas, für den ich mit einer halben Stunde Wartezeit büßen musste. Das Sekretariat bestand aus zwei auffallend knitterfrei-weißblusigen Damen, die in dezenter Präzision nebeneinanderher arbeiteten. Sie beherrschten die Kunst des leisen, dabei überdeutlich artikulierten Sprechens, mit dem sie jedes Wort wie fett gedruckt durch das Telefon schickten. Ihre homöopathische Freundlichkeit konnte aus jedem Problem das Drama ablassen und jeden Berserker zum Lämmchen machen.

Nach einer gehörigen Dosis platzierten sie mich auf einen Lederstuhl. Ich hing dort wie angezählt und blätterte in Magazinen, weil man nicht einfach in die Luft stieren oder ihnen auf die Bluse gucken konnte. Nach einer Weile begann ich mich von oben bis unten zu scannen und kam mir ziemlich schäbig, irgendwie sogar befleckt vor. Wie eine Kellerassel auf einem schneeweißen Wollsiegelteppich. Ich hielt die Zeitung hoch und prüfte, ob ich noch eine Cognac-Restfahne hatte. Bei dieser Gelegenheit stellte ich fest, dass meine Fingerkuppen heftig nach Nikotin stanken. Daher verschwand ich auf der Toilette und versuchte zu retten, was noch zu retten war. Ich wusch mir gründlich die Hände und kämmte mir die Haare zurecht. Als ich öffnete, stand Emmelmann vor mir, und wir gaben uns die Hand. Meine war noch feucht, und man hätte deshalb gerne noch erklärend anfügen wollen, dass das selbstverständlich sauberes Wasser und keine Pisse war, aber damit wäre man endgültig ins Bodenlose gerutscht.

Emmelmann war ein blonder Hüne, wie sie seit Hagen von Tronjes Freveltat gerne für die Heldenrolle eingesetzt werden. Ein Freigeist war er dazu, denn er trug einen lässig dunkelbraunen Anzug und ein rotes Polohemd, dessen Kragen karajanmäßig hochstand. Sollte der Kragen unter Versteifungsstörungen leiden und sich nicht mehr gerade halten können, würde er durch einen Seidenschal weich aufgefangen, den Emmelmann aus Stützgründen um den Hals gelegt hatte.

Ein ausgeprägter Fluchtreflex kam über mich. Schande über die Gene meiner Eltern, das prägende Milieu und alles andere wissenschaftlich noch nicht Erforschte, die aus mir diesen Köter gemacht hatten!

– Bitte folgen Sie mir!

Ich schlich hinter Emmelmann drein. Psychologisch hatte ich nur noch eine Chance: dass er die Maske seiner freundlichen Souveränität fallen ließ. Stattdessen bot er mir Kaffee an und sah großzügig über meine schlecht manikürten Fingernägel hinweg.

– Also, begann Emmelmann, wir haben Beweise, dass sie nachts in das Lokal meines Klienten eingedrungen sind…

– Darf ich mal sehen, unterbrach ich ihn.

Er legte einen Abzug auf den Tisch, der mir ziemlich fremd vorkam. Es handelte sich auf dem Bild zweifellos um Gossec, allerdings in einer so unvorteilhaften Pose, die ich an ihm gar nicht kannte. Ein Frankensteinmonster mit Brecheisen in den Pranken.

– Sie wiederum, fuhr Emmelmann fort, verfügen über Informationen oder gar Unterlagen…?

Er beobachtete mich ebenso lauernd wie ich ihn. Ich konnte zwar nicht pokern, aber das Gesicht dazu brachte ich hin, die Schnauze hielt ich auch. Was würde er nun sagen?

– …über deren Inhalt ich übrigens nicht unterrichtet bin.

Er schenkte mir ein Lächeln.

– Jedenfalls könnten sie nach Ansicht meines Klienten sein Ansehen in der Öffentlichkeit herabsetzen. Sie verhalten sich diskret, und er wäre bereit, dafür auf eine Anzeige wegen – na sagen wir: Hausfriedensbruch zu verzichten.

Er faltete die Hände und wartete einen Moment. Ein erfahrener Mann wie er bemerkte natürlich, dass ich geplättet und entscheidungsunfähig war. Er nahm aus dem Kästchen vor ihm eine Visitenkarte heraus und reichte sie mir über den Tisch.

– Meine Durchwahl. Melden Sie sich.

Er erhob sich, und meine Audienz war beendet. Ich zog ab und fuhr mit dem Aufzug ins Parterre hinunter, wo sich unsereiner niveaumäßig pudelwohl fühlt.

29

Ich gab trotzdem nicht gern die Schießbudenfigur ab. Emmelmann, der Herrenmensch, hatte mich abgefieselt wie eine Ameisenkolonie den Hühnerknochen. Noch dazu war einem Dritten überhaupt nicht zu erklären, was mir dieser aalglatte Kerl vorgeschlagen hatte, klar war nur, dass er mir gedroht hatte, mich fertigzumachen, wenn ich es wagte, meine Hand gegen Berni Berghammer zu erheben.

Eisbrocken kickend, unzufrieden und missvergnügt schlenderte ich die Fleischerstraße entlang zu meinem Laden. Kein Zweifel, die Sache entglitt mir immer mehr.

Wenigstens hatte sich Julius wieder gefangen. Man musste dem Menschen nur eine Aufgabe geben. Stolz vermeldete er, dass er Weihnachtsschmuck verkauft habe. Gut gelaunt wie er war, setzte er noch eins drauf und sagte, er werde nun losziehen, um Plätzchen und eine Flasche Rum zu kaufen. Wir könnten dann Punsch zusammen trinken. Wenn man gemütsmäßig nur noch Kröten knutscht, hat die Idee, ein bisschen zu kuscheln und sich dazu einen auf den Docht zu gießen, etwas Verführerisches. Einen solchen Stimmungsaufheller konnte ich gut gebrauchen.

Als Julius gegangen war, schaffte ich mir zuallererst eine Last von der Seele. Ich rief bei Emmelmann an. Ich war dankbar, dass sich sein Anrufbeantworter einschaltete, denn ich hatte mir einen Satz zurechtgelegt, den ich genau so sagen wollte.

– So einen Deal, wie Sie ihn vorgeschlagen haben, mache ich grundsätzlich nur mit Spezln und nie mit Arschlöchern. Habe die Ehre!

Ich warf den Hörer auf die Gabel. Jetzt konnte ich wieder frei durchschnaufen.

Nun kam auch Julius zurück. Es ging auf vier Uhr, draußen hatte die Dämmerung eingesetzt. Das schlierige Grau würde rasch in Schwarz übergehen, in diese dichte Winterdunkelheit, die wie eine Mauer vor meinem Schaufenster stand. Ich schaltete den Weihnachtsstern ein, den ich auf einem Buchsbaum drapiert hatte, und hängte das Schild in die Tür, dass der Laden geschlossen sei. Julius pfiff in der Küche wie ein Zaunkönig und werkelte klappernd. Er hatte nicht nur Plätzchen und Rum, sondern auch Stücke aus seiner Plattensammlung mitgebracht. Es könne mir nicht schaden, wenn ich mich von ihm für das Konzert von Jimmy Page aufheizen ließe.

Des Menschen Wille ist sein Himmelreich, und wir hatten ja reichlich Punsch. Ich hatte uns einen schönen Sofaplatz im Laden frei geräumt, von dem aus man nach draußen auf den Weihnachtsbuchsbaum gucken konnte. Das verschaffte einem das Gefühl von Weite und Raum, man war nicht mehr so eingesperrt in diese Winternacht-Zelle. Julius hatte die Boxen ausgerichtet und ließ seine Musik losböllern. Analytisch filetierte er jedes Stück. Ich würde mich schämen, gewisse Details seiner Ausführungen preiszugeben. Männer, die nicht dabei waren, runzeln die Stirn, und Frau verstehen sowieso nie, warum sich erwachsene Kerle mit großer Begeisterung technisch aufgepumpte Nichtigkeiten erzählen und darüber freuen können. Aber Frauen fehlt einfach die jahrelange Ausbildung an Auto-, Flugzeug- und Schiffsquartetten, wo man mit Wankelmotor, Dienstgipfelhöhe oder Bruttoregistertonnen den Gegner plattmachen konnte.

Ich musste ohnehin aufpassen, um mich nicht als komplett Ahnungsloser darzustellen. Ich höre zwar gern Musik, aber verstehen wollte ich sie noch nie. Meine Frage, warum denn der Sänger dauernd so brachial versuche, einen Vokalfick abzuliefern, wies Julius als unangemessen zurück. Hingegen griff er meinen Hinweis, dass diese minutenlangen Gitarrensoli monströs, aber unfertig wie der Turmbau zu Babel seien, begeistert auf. Das genau sei Rock'n'Roll, nicht das perfekte Stück, sondern die immer wieder neu angestachelte Hoffnung, dass das riesigste Ding, das die Welt je gesehen habe, endlich landen könnte. Und die müsse in jedem Song neu entstehen und wachgehalten werden.

– Immerwährender Advent, wenn du verstehst, was ich meine, sagte Julius.

Aber klar, deswegen saßen wir ja hier und feierten Santa Rock.

30

Ich begann den Morgen fröhlich, wie es sich gehört. Summend zündete ich mit Espresso die vier Stufen, die nötig waren, mich erfolgreich in die Umlaufbahn dieses Tags zu schießen. Pfeifend schloss ich die Ladentür auf.

Und das war es dann auch schon.

Einem am Straßenrand geparkten größeren Fahrzeug entstiegen zwei Herren in grünen Daunenmänteln. Sie waren nicht als Zwillinge unterwegs, sondern trugen Dienstkleidung.

– Herr Gossec, fragte der eine.

Ich wandte mich um. Er klappte seinen Dienstausweis auf.

– Polizei. Wo waren Sie vorgestern zwischen fünfzehn und neunzehn Uhr?

Ich dachte nach. Zuerst hatte ich Kraterfeld verprügelt und dann Mogli die Tür eingetreten. Das sah nicht gut aus.

– Unterwegs. Geschäftlich.

– Zeugen?

Ich schüttelte lieber den Kopf.

– Dann muss ich Sie bitten mitzukommen.

– Was denn nun, fragte ich. Müssen Sie bitten oder muss ich mitkommen?

Er zog ein Taschentuch aus der Manteltasche und tupfte sich die Nase.

– Letzteres. Sie sind vorläufig festgenommen.

– Worum geht es?

– Um den Fall Maillinger. Wir ermitteln, ob es sich um Mord handelt.

Die Einschläge kamen immer näher.

– Kann ich noch jemand für meinen Laden organisieren?

– Bitte.

Die beiden nahmen auf unserem Rock-'n'-Roll-Sofa Platz und guckten interessiert zu, was ich nun machen würde. Ich rief Julius an. Schon nach einer Viertelstunde kam er in den Laden getrabt. Schnell bemerkte er die beiden Herren auf dem Sofa und meine ernste Miene.

– Ist was passiert?

– Polizei, sagte ich. Einen von uns beiden brauchen sie immer zum Warmsitzen der Zellenbank.

Julius begann sich hektisch abzutasten wie einer, der Geld, Gebiss und Gebetbuch gleichzeitig verloren hat.

– Was soll ich tun?

– Die Stellung hier halten. Und wenn ich bis morgen nicht draußen bin, schickst du mir einen Anwalt, ja?

– Wird gemacht.

Wir umarmten uns.

– Ist das wegen mir, flüsterte mir Julius ins Ohr.

Ich schüttelte den Kopf. Hilflos und erleichtert zugleich blickte mir Julius nach.

31

Wir langten im Revier an. Meine beiden Begleiter hatten die hohe Kunst ausgebildet, sich in unvollständigen Sätzen perfekt miteinander zu verständigen.

– Tätest du, Rudi…? Dann ginge ich…, fragte der Kleine.
– Ja gut, erwiderte der Dicke. Aber dass du mir vielleicht vorher noch…?
– Mit oder ohne?
– Zwei vom süßen. Und wenn es welche gibt…
– Auch zwei, gell?
– Danke schön.

Als wir dann oben im Zimmer saßen, gelang es mir nach und nach ihren Code zu knacken. Ich war in die Obhut von Rudi übergeben worden, der sich mir später namentlich als Inspektor Dieselhofer vorstellte. Der Kleine war turnusmäßig in die Kantine gegangen. Weil es wegen mir um seine Brotzeit jedoch schlecht bestellt war, hatte Dieselhofer ihn um eine Portion Leberkäs mit zwei Päckchen süßem Senf und, sofern vorrätig, zwei Maurersemmeln gebeten. Jedenfalls war das Resultat dieser Unterredung, dass ich ihm über zwei große Schreibtische hinweg beim Essen zusah. Das dicke, oben spitz zulaufende Trumm Leberkäs ruhte wie ein Matterhornmodell auf dem schon etwas aufgeweichten Pappschälchen. Dieselhofer war ein Systematiker. Zuerst portionierte er den Brocken mit seinem Taschenmesser in handliche Würfel, spießte dann den nächstliegenden mit einem universell einsetzbaren Zweizinker auf, tunkte ihn in den Senf, biss krachend in die Maurer und schob den Fleischbrocken nach. Nach der

Hälfte Leberkäs und einer Maurer erwachte die Humanität in ihm.

– Hätten Sie auch Hunger gehabt?

Der bayerische Konjunktiv macht die Bejahung einer solchen Frage nicht gänzlich unmöglich, verweist aber diese Möglichkeit von vorneherein in eine ziemlich nebulose Peripherie von Unwahrscheinlichkeiten und anderen Seltsamkeiten, die normal gar nicht vorkommen dürften. Vom Angeredeten war dann eine kraftvolle Entschiedenheit verlangt, um das Steuer zu seinen Gunsten herumzuwerfen.

– Ja freilich. Doch!

Ratlos blickte Dieselhofer um sich, als sei in seinem Zimmer zwischenzeitlich noch etwas Essbares gewachsen.

– Herrschaftzeiten, ich kann Sie doch nicht allein lassen!

Jetzt kehrte sein Blick zu seinem Schälchen zurück, und er begriff die ganze Tragweite der vorher gestellten Frage. Mit seinem Messerchen schnitt er eine Maurer auf und belegte eine Hälfte mit Leberkäswürfelchen.

– Da schauen Sie her!

Durch diese zugegeben etwas umständliche Aktion wuchs mir Dieselhofer ans Herz. Ungut war der Mann jedenfalls nicht. Er widmete sich seiner verbliebenen Hälfte, wischte sich schließlich den Mund ab und wusch sich die Hände.

– So, sagte er, dann packen wir es an!

32

Dieselhofer war ein zäher Hund, er wollte mich genauso systematisch zerlegen wie seinen Leberkäs. Das Jackett samt Schulterhalfter hatte er abgestreift, er saß mir gegenüber in seiner schwarzen Weste, die seine apfelförmige Wampe irgendwie läppisch verkleidete, und hatte seine Arme auf die Oberschenkel gestützt. Er klopfte jeden Satz ab, verglich die Aussage mit seinen Unterlagen oder telefonierte, wenn nötig, um zusätzliche Informationen einzuholen.

– Mit einem Geständnis wäre uns viel geholfen, Herr Gossec.

– Glaube ich gern. Mir aber überhaupt nicht, ganz im Gegenteil!

Er ließ sich nicht provozieren und behielt die Ruhe.

– Dann probieren wir es doch mit der Wahrheit.

Maillinger war stranguliert in seiner Wohnung unterm Türstock aufgefunden worden. In Unterwäsche, um seinen Hals war ein Nylonseil geschlungen. Die Haustür war mit einem Stemmeisen aufgebrochen worden.

– Und auf dem Stemmeisen sind einwandfrei Ihre Fingerabdrücke.

– Mag ja sein, ich leugne das nicht. Aber ich habe das Stemmeisen nur im Weißbräu und nie in Maillingers Wohnung angefasst. Sie haben sonst mit Sicherheit keine weiteren Abdrücke von mir gefunden.

– Schon. Das sagt aber nichts. Weil wir weitere Hinweise haben.

– Aha! Und die wären?

– Ihr Streit mit Maillinger. Es ging um Geld. Sie haben ihn im Bayerischen Hof niedergeschlagen, dafür gibt es Zeugen.

Das war richtig. Tatsächlich ging es weniger ums Geld als um das ständige aggressive Generve dieses Menschen. Wenn einer stundenlang draußen in der Kälte gestanden hat und dann gepiesackt wurde, rutschte ihm schon mal die Hand aus. Aber das war einem Gemütsmenschen wie Dieselhofer kaum zu erklären.

– Ich war im Recht, er hat mich angefallen.

Dieselhofer kniff das linke Auge zu und schnalzte mit der Zunge.

– Soso.

– Haben Sie noch etwas auf Lager?

– Freilich!

– Ein brauchbares Motiv werden Sie auch damit nicht hinbekommen.

– Drogen zum Beispiel, sagte Dieselhofer.

Donnerwetter, die hatten ja wirklich ganze Arbeit geleistet.

– Maillinger war Impresario, wie wir sagen würden. Und da hat er öfter mal Kokain besorgt. Für Prominente und sicher auch für sich. Manchmal hat er sich etwas besorgen lassen. Zum Beispiel durch Sie. Wie rabiat Sie dabei vorgehen, lässt sich Stück für Stück belegen.

Mir schwante Übles. Wahrscheinlich war Kraterfeld aus der Haidhauser Kneipe ein Spitzel und saß nun gemütlich, soweit das seine schmerzenden Kniekehlen zuließen, beim Leberkäs unten in der Kantine. Dieselhofer holte eine beschriftete Schachtel hervor und hielt eine Klarsichthülle hoch. Drinnen steckte ein gelbliches Briefchen. Ich kannte dieses Format nun schon.

– Den Dealer, von dem das stammt, haben Sie besucht,

das wissen wir. Wie wäre es also damit: Sie liefern Kokain an Maillinger, bekommen wieder einmal Streit ums Geld und dann ...

Er hatte ja recht. Seine Geschichte klang ziemlich gut, einiges war belegt, ich hatte dem nichts Plausibles entgegenzusetzen, außer eben, dass es so nicht gewesen war.

– Kann ich mal in Ruhe eine Zigarette rauchen und nachdenken?

Dieselhofer patschte sich mit der Hand auf den Oberschenkel.

– Tätest du, Dieter ...? Dann würde ich geschwind ...
– Freilich, erwiderte Dieter.
– Du auch, oder?
– Aber ohne Gelee.
– Kännchen oder Haferl?
– Haferl.
– Und Sie, Herr Gossec, darf es was sein?
– Bitte schön. Haferl, Obstkuchen mag ich auch nicht, da schließe ich mich an.

Mit solchen Menschen konnte man doch klarkommen!

33

Der Käsekuchen schmeckte wirklich ausgezeichnet, saftig und mit feinem Vanillearoma. Wahrscheinlich wurde der Beamte im Präsidium nachmittags von einem psychischen Tief gebeutelt. Mit einer gut ausgestatteten Kuchentheke war da viel auszurichten, und der Weinbrand im Aktenschrank blieb unangetastet.

Schon beim Rauchen wurde mir klar, dass ich nur eine Chance hatte, wenn ich alles auspackte. Aber zunächst einmal musste der schlimmste Fall abgeprüft werden.

– Hausfriedensbruch, wie viel brummen sie mir denn da auf, wenn es hart kommt?

Dieselhofer lachte.

– Mit oder ohne?

– Was?

– Widerstand gegen die Staatsgewalt.

– Ohne.

– Normalerweise geht das mit ein paar Tagessätzen über die Bühne. Und angezeigt werden muss auch.

– Okay, sagte ich, dann packen wir es an.

Ich erzählte ihnen die komplette Geschichte.

Dieselhofer machte sich Notizen und stöhnte dabei wiederholt auf.

– Und vorgestern Abend war ich bei Ihrem Kollegen Dorst hier im Haus. Und was das Stemmeisen angeht: Bei Rechtsanwalt Emmelmann existiert ein Foto, wo ich mit dem Ding in der Hand, aber an einem anderen Ort zu sehen bin.

– Sie laden uns was auf, sagte Dieselhofer.

Er schaute auf die Uhr.

– Heimatland. Es geht ja schon auf sechs Uhr zu. Dieter, gehst du?

Der andere nickte.

– Zwei könnte er auch vertragen, sagte Dieselhofer.

Dann sperrten sie mich mit zwei Bierschinkensemmeln in die Zelle für Untersuchungshäftlinge.

– Wenn alles glattgeht und Sie uns nicht angeschwärzt haben, sind Sie morgen früh wieder draußen. Ich sage schon mal gute Nacht!

Im Grunde genommen tat mir eine Alkoholpause und früh zu Bett gehen ganz gut. Mit positiver Einstellung brachte man den Buddha in sich immer zum Lächeln.

34

Dieselhofer machte sein Versprechen wahr. Am anderen Morgen gegen neun Uhr durfte ich mein mit Steuermitteln finanziertes Nachtasyl wieder verlassen. Er gab mir die Hand.

– Wir bleiben aber in Kontakt. Und machen Sie mir keine Dummheiten!

Ich spielte kurzzeitig mit dem Gedanken, meinen Hendlfonds für Bedürftige in Kalbshaxen für Dieselhofer anzulegen, aber der Mann war wohl viel zu reell, als dass er sich von einem Verdächtigen einladen ließ.

Im nächsten Laden kaufte ich Zeitungen, um nachzulesen, wie der Fall jetzt verhandelt wurde. Zum ersten Mal wurde mir glasklar vor Augen geführt, was Berni Berghammer in dieser Stadt für ein Rad drehte. Maillinger und seine Aktivitäten wurden in vielen Details dargestellt, aber Bernis Name fiel in diesem Zusammenhang nicht. Gelöscht, ausradiert. Dafür arbeiteten die Emmelmänner. Normalerweise wäre ich wild entschlossen gewesen, mir Berni höchstpersönlich vorzuknöpfen. Aber nach diesen Unmengen Adrenalin, die ich meinem Kreislauf in letzter Zeit zugeführt und umgepumpt hatte, war ich einfach ausgebrannt und sehnte mich nach Ruhe und Vergessen.

Ich fuhr in meinen Laden zurück, um mal wieder einen geregelten Arbeitstag einzuschieben. Julius hatte alles gut im Griff gehabt und war heilfroh, dass ich wieder auf freiem Fuß war. Wenn es so weiterging, dann konnten wir beide doch noch zusammenziehen. So war wenigstens gewährleistet, dass einer von uns dauerhaft zu Hause anzutreffen war.

35

Zwei Tage noch bis Heiligabend und etwas wirklich Wunderbares passierte: es schneite. Man hatte sich in den letzten Jahren an Osterverhältnisse zu Weihnachten gewöhnt. Die Wetterberichte bekamen etwas Triumphales, als hätten die Verkünder der Botschaft das Ding eigenhändig gedreht. Die weiße Schneedecke ließ viel Hässliches verschwinden, und die Stadt mit ihren unterschiedlichen baulichen Elementen zeigte plötzlich etwas Zusammengehöriges wie Geschwister, die dieselbe Mütze und denselben Anorak tragen. Als es mit dem Segen von oben aufgehört hatte, genügte das spärliche Winterlicht, um sogar den schäbigen Schlachthof wie frisch getüncht erstrahlen zu lassen.

Zum frischen Weiß legte ich viel Rotes ins Schaufenster, der angenehme Kontrast zieht die Leute an. Rot war auch das große Schild, auf dem ich zusätzlich zwanzig Prozent Rabatt auf alle Weihnachtsartikel gewährte. Und es lief wirklich gut.

Wenn man einmal ein paar Leute im Laden stehen hatte, die sich gegenseitig beäugten, welches rare Stück der andere hervorziehen würde, entstand dieses leicht hitzige Konsumklima, bei dem man sich beständig die Hände reiben möchte, wäre man nicht fortwährend am Kassieren. Ich lief einige Male nach nebenan und sagte tapfer *Walnuss* in den Spiegel. Die Aufgabe des Verkäufers ist eine dienende. Mit Kunden sollte man nie herumrechten oder streiten. Einem Besserwisser kauft niemand etwas ab. Und wenn einer wie ich draußen in der Welt brachiale Furchen zog, dann musste man den Simpel schon deshalb geben, um seine Mitte halten zu können.

Ich war so mit mir und meinem Laden beschäftigt, dass ich keinen Gedanken daran verschwendete, wie alles andere weitergehen sollte. In meiner Arbeit aufzugehen war eine Wohltat. Und genau deshalb löste sich in mir ein Knoten.

Am Spätnachmittag ließ der Kaufdruck nach und die Kundschaft verflüchtigte sich zunehmend. Ich bündelte ein paar Scheine und legte sie in meine Zweitkasse unter die Küchenbohlen. Wer für die Zukunft vorgesorgt hat, kann später einmal den Augenblick in vollen Zügen genießen. Das war die Schnitzelversion der Witwen-, Waisen- und Knappschaftsvereinigungen.

Müde hing ich in den Seilen, döste vor mich hin, und da passierte es: Jemand klopfte oben *tocktock!* an meine Hirnschale. Der Bursche sah aus wie ein Verkündigungsengel, war allerdings ziemlich schlampig hergerichtet. Das Goldhaar hing ihm ungewaschen und strähnig herunter, seine Schwingen waren so grau und räudig wie Taubenflügel, das Hemdchen war original Feinripp, außerdem kratzte sich der Bengel am Arsch. Ich glaube ja gern und vieles, aber der war kein Engel, sondern mein Teufelchen. Er freute sich über meine rasche Auffassungsgabe, stellte sich als Ludwig vor und forderte mich auf, ruhig Bayerisch zu reden. Diese Sprache sei ihm am liebsten, weil sie auch im Himmel gesprochen werde.

– Hast du schon einmal darüber nachgedacht, sagte er, warum Emmelmann meinte, mit dir handeln zu können?

– Weil er blöd ist, erwiderte ich in einer Aufwallung von kindlichem Trotz.

Ludwig lachte und tippte mir auf eine sehr unangenehme Weise spitzfingrig an die Stirn.

– Weil du blöd bist! Er glaubt, du hast etwas, womit sich handeln lässt. Was ist das denn und vor allem wo?

– Woher soll ich das wissen, schrie ich.

– Dann frage doch mal Susi, dieses nette Wesen, das dir den Kopf verdreht hat.

Er hatte verdammt recht. Ludwig war verschwunden, doch das Licht, das er mir aufgesetzt hatte, entwickelte sich rasch zur Größe einer Fackel. Das alles hätte ich auch schon viel früher kapieren können, aber verstockt wie ich war, wollte ich nicht. Nun war klar, dass es wieder an der Zeit war, draußen kräftige Furchen zu ziehen. Auch ein Teufel sollte allerdings verstehen können, dass der Mensch nicht dauerhaft für diese harten Nummern ausgelegt ist, und etwas Geduld und Nachsicht üben.

36

Ich setzte darauf, dass Susi zur selben Zeit wie das letzte Mal Dienstschluss haben und den Weißbräu verlassen würde. Bis dahin schlenderte ich über den Marienplatz. Die Standpächter am Christkindlmarkt sahen nun schon durchweg etwas rotgeädert bis zwetschgig aus. Die anhaltende Kälte und die Vielzahl der wärmenden Stamperl ließen auch den bärigsten Händler irgendwann konditionsmäßig die Grätsche machen. Nach dem vierundzwanzigsten Dezember nahmen sie das Wort Weihnachten bloß noch einmal in den Mund, wenn sie den Stand für die kommende Saison beantragten.

Bis dahin wurde alles so inflationär gehandhabt wie gewohnt, und man musste sich von jedem Deppen an der Ecke frohe Festtage und gesegnete Weihnachten wünschen lassen. Früher hatte der normal grantige bayerische Mensch nur denen etwas Gutes gewünscht, die er kannte und schätzte, und den ganzen großen Rest seinethalben zum Teufel. Aber jetzt hatte auch hier schon, forciert durch die jungen, international urbanen Menschen, diese amerikanische Pest Einzug gehalten, nach der man ständig *Danke! Gern!* und *Schönen Tag auch!* zu dienern hat oder sich für jeden Rückruf bedankt werden muss, selbst wenn einem der andere brutal auf den Sack geht oder man gerade zu hören bekommen hat, dass man der größter Stinker sei. Und irgendein Service wurde dadurch ja auch nicht besser, im Gegenteil sogar! Wer noch reelle Ware oder Dienstleistung zu bieten hatte, brauchte den Kunden nicht mit guten Worten zuzuscheißen.

Susi kam aus dem Weißbräu, schnürte ihre Mütze und

warf die Tasche über die Schulter. Ich trat von hinten her an sie heran und fasste ihren Arm.

– Servus, Susi. Gehen wir noch einen Glühwein trinken?

Sie erschrak, bekam sich aber dann schnell wieder in den Griff.

– Mein Gott, die Weihnachtseinkäufe, du weißt es doch! Es pressiert jetzt, viel Zeit haben wir ja nicht mehr bis Heiligabend, gell!

Das war alles schon ein bisschen zu dick aufgetragen und zu bemüht. Auch der Ton stimmte nicht.

– Viertelstunde! Für eine gute Tat muss immer Zeit sein. Da wird das ganze Weihnachten schöner.

Sie fügte sich und ließ sich zum Glühweinstand abschleppen. Mit beiden Händen umfasste sie die warme Tasse, als sei ihr mächtig kalt. Dabei guckte sie über den Rand wie das Münchner Christkindl persönlich.

– Machen wir nicht lange herum, Susi. Ich bin sicher, dass du irgendwo mein goldenes Buch mit den Vereinsunterlagen gebunkert hast.

Susi nahm schnell einen Schluck, damit sie nicht reden musste. Ich tat ihr nicht den Gefallen weiterzureden, sondern wartete. Da ihr auch sonst niemand zu Hilfe kam, nickte sie endlich.

– Warum, fragte ich.

Wieder nahm sie einen Schluck, diesmal, um Zeit zu gewinnen. Ich erhöhte den Druck.

– Gestern noch habe ich mir von Inspektor Dieselhofer das Fell wegen solcher Sachen gerben lassen. Wenn du jetzt nicht mal auf den Punkt kommst, dann statten wir ihm einen Besuch ab.

– Ich habe doch nichts getan.

– Wirklich? Lass mich raten. Wie schon mit Berni, der dir in den Schlüpfer gefasst hat, hast du auch bei dieser Geschichte schnell gemerkt, dass da was zu holen ist. Richtig?

Ihr Kopfschütteln wirkte alles andere als glaubhaft.

– Könnte es sein, dass du Maillinger damit angehauen hast?

Nach einer längeren Pause nickte sie endlich.

– Du wolltest ihn erpressen?

Sie stierte geradeaus. Ich holte Dieselhofers Visitenkarte aus der Tasche, hielt sie ihr vor die Nase und zückte mein Handy.

– Also? Was hast du Maillinger gesagt?

Sie schluchzte auf.

– Ich habe ihm gar nichts gesagt, aber ich habe einen Freund, der sich damit auskennt. Und der meint, dass da was nicht stimmt, weil nach den Unterlagen müsste im Verein ein Vermögen sein. Aber vom Maillinger selber habe ich gehört, dass angeblich alles weg ist. Dann hat mein Freund ihn angerufen und gesagt, dass wir darüber reden müssen und er sich was überlegen soll, sonst würden wir das weitergeben.

– Und dann?

– Nichts! Er hat bloß gelacht, aber total hysterisch. Und gesagt hat er, dass das jetzt auch schon wurscht wäre.

– Das war alles?

– Hundert Prozent. Am nächsten Tag war er ja dann tot.

Sie hielt sich den inzwischen leeren Becher vor den Mund, als könnte sie sich dahinter verstecken. Sie war ein verlogenes Biest, das auf kleine Naive machte und mit dieser Masche einen Typen nach dem anderen abgurgelte. Aber Männer wie ich nehmen solchen Frauen ihre Geständnisse trotzdem ab. Die schönste Version dieser Fehlhaltung ist, dass man eben an das Gute im Menschen glaubt, die wahrscheinlichere, dass man sich für den Einzigen hält, den sie beim besten Willen nicht belügen kann.

– So, Susi, sagte ich. Dann fahren wir jetzt zu dir.
– Was willst du denn von mir?
– Nur das eine, Susi. Mein goldenes Buch mit Inhalt.

Wir gingen gleich am Marienplatz in den Untergrund und fuhren mit der U-Bahn zu ihr nach Hause. Sie gab mir das gewünschte Stück. Alles sei noch drin, wie sie es vorgefunden habe. Nur den Brief, den habe sie auf Bernis Schreibtisch zurückgelegt. Ich fuhr hoch.

– Scheiße. Das war meine Einladung.

Sie zuckte bedauernd die Achseln. Ein paar Minuten später trat ich den Rückweg an.

37

Am nächsten Morgen fackelte ich nicht lange und übertrug wiederum Julius die Aufsicht über meinen Laden. Ausverkauf war angesagt, Druck gab es aber keinen mehr.

– Alles, was du heute noch verkaufst, ist reine Zugabe. Für mich ist das Weihnachtsgeschäft gelaufen. Also nimm es locker, okay?

Julius nickte.

Ich schnappte mir das Telefon und rief im Weißbräu an. Berni sei nicht zu sprechen, hieß es. Ich sagte, ich sei zuständiger Redakteur der kulinarischen Zeitschrift *Cucina*, deren

Leser ihm den Ehrentitel eines *Cavaliere della cucina* verliehen hätten. Die Kellnerin bedauerte, mir nicht weiterhelfen zu können. Er sei zu Hause und diese Nummer habe sie nicht, sie sei auch nicht zu beschaffen, weil sie nicht weitergegeben werden dürfe. Ob ich denn trotz Heiligabend morgen nicht noch einmal anrufen könne? Ich bedankte mich und legte auf.

In meiner Jacke steckte die zerknitterte Karte zu Bernis Geld-Soireen, die ich damals in seinem Büro eingesteckt hatte. Darauf war seine Adresse angegeben. Schönster Starnberger See.

Draußen hatte es wieder zu schneien begonnen, aber ohne Auto kam ich nicht dorthin. Ich baute die Batterie, die ich sicherheitshalber herausgenommen hatte, wieder in meinen alten Bus, zog mir warme Kleidung an, machte eine Thermoskanne voll Kaffee und steckte meinen Totschläger und einen gefüllten Flachmann ein. Was sollte jetzt noch schiefgehen?

38

Nachdem ich mich durch die Stadt auf die Autobahn gequält hatte, begann ab Forstenried eine Strecke, die den Ruf von München als einer Bauernmetropole auf das Schönste zu bestätigen scheint. Direkt hinter der Stadtgrenze beginnen die Wälder und das vermeintlich dörfliche Leben. Der Süden Münchens allerdings war zu reizvoll, um ihn dauerhaft diesen Kartoffelökonomen zu überlassen, und so kam man zu dem weißblauen Kompromiss, die bäuerliche Atmosphäre zu entkernen und als schmückende Gartenzwergkultur beizubehalten. Heute genießt der umgesiedelte Städter vom Parkplatz seines SB-Marktes aus den herrlichen Blick auf Hügel, Berge, Höfe und Zwiebeltürme. Der Starnberger und der Starnberger-See-Blick-Inhaber jedoch spielen in einer anderen Liga. Wer auf der Autobahn in die Seemetropole hineinfährt, stellt schnell fest, dass hier eine spezielle Variante der Straßenverkehrsordnung existiert, nach der sommers die linke Spur Cabrios und winters Nobelgeländewagen vorbehalten bleibt, die rasch von der Stadt auf ihren Landsitz und umgekehrt düsen müssen.

Ich hatte massive Probleme, den Bus mit den abgefahrenen Winterreifen in der Spur zu halten. Er schlitterte und schlingerte auf dem frischen Schnee dahin. Trotzdem war ich gegen eine zunehmend feierliche Gestimmtheit fast machtlos, schließlich hatten wir bereits den Dreiundzwanzigsten. Dazu weckten weiß gepuderte Tannen in einem Menschen wie mir die edelsten Gefühle. Die Vorstellung der heiligen Familie samt Hirten mit ihren rot leuchtenden Laternen darunter könnten mich sogar zu Tränen rühren, wenn ich nicht gelernt hätte, mit Julius' Spontanmeditation aufquellenden Gefühlen starke Zügel anzulegen. Man atmet tief ein, hält die Luft an und damit werden alle Empfindungsstrudel zum stillen Wasser.

Bei so wechselvollen Gemütszuständen fiel es mir schwer, die Betriebsspannung aufrechtzuerhalten. Wer einem Brocken wie Berni gegenübertreten wollte, musste schon etwas mehr im Repertoire haben als Lächeln. Ich ließ noch einmal alles Quälende der letzten Zeit Revue passieren, Schläge, Verfolgung und Kerker.

Endlich langte ich in Starnberg an, wo man, bergab kommend, linker Hand einen Blick auf den See hat, dem Überrest jenes erschöpften Gletschers, der, vom weiten Weg aus den

Bergen orientierungslos geworden, sich hier zur letzten Ruhe gelegt hatte. Eigentlich war sein ganzes Streben darauf gerichtet, in die heutige Münchner Innenstadt durchzubrechen, um das Isarbett zuzuschütten und Starnberg mit ihm als See zur künftigen Hauptstadt Bayerns zu machen. Aber es zeichnet eben das Land samt seiner geistlichen und weltlichen Führer aus, dass hohes Trachten selten von ebensolchen Werken begleitet ist.

Ich ließ Starnberg hinter mir und hielt mich immer am Seeufer, bis ich endlich zu Bernis Haus kam.

39

Meinen Bus stellte ich ein Stück weit vom Berghammer-Anwesen ab. Ich stapfte durch den frischen Schnee die Straße hinunter. Der Himmel war zugezogen und grau, offenbar hatte Frau Holle heute noch viel vor. Ich ging am Zaun entlang, um mir ein Bild von der Anlage machen zu können. Da hatte sich dieser Kerl ein richtiges Kleinod unter den Nagel gerissen. Auch seine Villa wies von außen besehen die spielerische Eleganz einer Sommerfrische-Residenz auf. Sie stand so exponiert auf der Hochböschung des Ufers, dass er sogar noch beim Scheißen den freien Seeblick genießen konnte.

Drinnen im abgezäunten Garten belferten zwei Köter. Der schwere Schnee drückte die Äste der Bäume herunter, bis sich bei einem die Auflage an der Spitze löste, weitere mitriss und als Lawine auf die Veranda niederging. Die Lichtanlage schaltete sich ein und man hatte einen wunderschönen Blick auf den Eingangsbereich und die Triplegarage. Nur das große Fenster daneben war beleuchtet, jemand schob den Vorhang beiseite und schaute nach draußen. Berni war da. Er telefonierte. Sonst war niemand zu sehen. Auf das Gartentor, durch das man den vermutlich gekiesten Weg betrat, war eine Videokamera gerichtet, ohne Gesichtskontrolle kam man hier nicht rein. Zu klingeln und zu sagen, hallo Berni, ich bin es, war vollkommen sinnlos. Ich musste einen anderen Zugang finden und dazu brauchte ich ein Mittel, die Hunde ruhigzustellen.

Ich stieg wieder die Straße hoch und kam so in das Zentrum des Orts. Auf dem Parkplatz vor dem Rathaus schippte ein Mann Schnee, ein wenig freudlos, wie es schien, und als ich näher kam, sah ich ihm sogar den Ingrimm an. Aber an wen, wenn nicht einen kommunalen Angestellten, sollte ich mich wenden, um die ortsansässige Metzgerei zu finden?

– Frohes Fest, sagte ich zur Begrüßung.

Mehr konnte man bei diesen Temperaturen nicht flöten, trotzdem lief ich in eine verbale Faust.

– Genau, raunzte er. Das hätte ich auch gerne mal.

Er hielt kurz inne, schnäuzte durch die Finger, schob den Schild seiner Helmmütze nach oben und musterte mich. Dabei stützte er sich auf seine Schneeschaufel wie der Wildschütz Jennerwein auf seine Flinte. Dass Einheimische kurz davorstehen, Besuchern die Räumgeräte draufzuhauen, das hatte ich auch noch nicht erlebt.

– Probleme, fragte ich.

Jetzt endlich hatte er seinen mnemotechnischen Auswertungsprozess zu Ende gebracht.

– Sie sind ein Auswärtiger, oder?

– Der weiße Mann kommt aus der großen Stadt mit Kirchtürmen so hoch, dass sie Manitus Zehen kitzeln. Dort lebt man in steinernen Tipis und die Männer reiten Feuer spuckende Stahlpferde. Aber der weiße Mann kommt in Frieden und hat Feuerwasser mitgebracht.

Ich holte meinen Flachmann heraus und bot ihm einen Schluck an. Er grinste und trank.

– Nichts für ungut, sagte er und reichte mir die Flasche zurück, Sie können ja nichts dafür.

Genau, dann hatten wir uns nun doch eine Verhandlungsbasis erarbeitet! Zu meinem Anliegen kam ich dennoch nicht, denn meinem Gegenüber wurde die Gabe der Rede wie ein Gottesgeschenk eingegossen.

– Siehst du das?

Er beschrieb mit seiner Hand den Umkreis des Parkplatzes.

– Alles kommunales Gelände. Muss in solchen Zeiten von der Gemeinde schneefrei gehalten werden.

– Dafür wirst du doch bezahlt, oder?

Er lachte auf. Genauer gesagt, ließ er seiner Brust ein höhnisches Grollen entweichen, wie es sonst nur aus Mördergruben kommt.

– Weißt du, wer ich bin?
– Hatte noch nicht das Vergnügen.
– Der Bürgermeister vom Ort!
– Hoppla!

Damit überraschte er mich.

– Ich würde heute auch gerne meine Einkäufe machen, so dies und das noch erledigen für daheim. Aber …

Er zeigte auf meine Brusttasche, und ich wusste, dass eine Zugabe fällig war. Ich reichte ihm noch einmal den Flachmann.

– … der Hausmeister liegt mit Rippenfellentzündung zu Hause, eine Aushilfe kriege ich nicht, kann sich die Gemeinde auch nicht leisten. Jetzt könnte ich sagen: Arschlecken!

Er kniff das linke Auge zu, fixierte mich in verzweifelter Entschlossenheit nickend und stellte so das nächste Wort in übergroßen Lettern zwischen uns.

– Irrtum! Noch morgen, Heiligabend hin oder her, habe ich Abmahnungen aus der Stadt auf dem Tisch liegen. Von Sozietäten aus der Maximilianstraße, wenn du verstehst, was ich meine. Dass sie so einen Dorfdeppen wie mich mit einer Dienstaufsichtsbeschwerde wegputzen. Mit irgendeinem Blödsinn: Mandant Sowieso konnte seine Antragsformulare wegen unzumutbarer Straßenverhältnisse nicht fristgerecht abholen. Probleme, auf die du gar nicht kommst!

Den larmoyanten Ton eines blasierten Menschen äffte er dialektfrei perfekt nach.

– Dass der nur seine Einkäufe vom Parkplatz aus machen wollte, geschenkt.

Er redete sich immer mehr in Rage.

– Mandant stellte zum wiederholten Male fest, dass in der kommunalen Toilette das Papier fehlte, und musste eine Stunde in hilfloser Lage …

Er stieß die Schaufel in einen Schneehaufen.

– Jetzt sagst du: Schmarren! Aber solche Sachen haben wir schon gehabt. So und deswegen schaufle ich selber, weil es mir bis hier steht.

Er deutete einen Pegelstand über Kopf an.

– Falsche Partei, könnte das sein?

– Das glaubst du doch nicht im Ernst, dass du hier mit dem falschen Parteibuch was wirst. Aber trotzdem, wenn es gegen das Geld geht, dann hilft dir keiner. Die rufen beim Minister an, von dem ich noch nicht mal die Nummer habe. Und seine Sekretärin läutet dann bei mir durch und sagt: Jetzt regeln Sie das doch mal im Sinne von unseren Bürgern.

Wer ihn reden hörte, konnte verstehen, dass der bayerische Anarchismus nie von der Bildfläche verschwunden ist, sondern sich im Moment nur in der seltsamen Inversionslage befand, Teil einer staatstragenden Partei geworden zu sein. Es grollte, es bebte, aber der Ausbruch stand erst noch bevor. Für eine Landsmannschaft, die immer noch einem schwulen König huldigt und einem Regenten hinterhertrauert, der an einem Knödel erstickt ist, gibt es keine unüberwindbare Kluft zwischen Regierung und Anarchie, vielmehr sind beide Zustände dem katholischen Menschen so nah am Pelz und gleichermaßen wahrscheinlich wie Gnade und Sünde.

– Komm, jetzt tust du noch einen Schluck her!

Widerspruch war zwecklos. Ich nahm selbst einen Mundvoll, damit ich wenigstens einmal meinen Schnaps hatte probieren dürfen, und gab ihm den Rest.

– Mit den geldigen Leuten hat die Gemeinde doch auch einen Vorteil, oder?

Wieder ließ er sein Mördergrubengrollen hören.

– Null. Eine gute Firma am Ort, die zahlt! Wenn du normale Leute in einer normalen Gemeinde hast, kannst du alles machen. Du kriegst das Schwimmbad genauso finanziert wie eine Bibliothek oder den Schulbus. Aber was wir hier so machen, interessiert die doch einen Scheißdreck. Oder glaubst du, dass die sich in einen Trachten- oder Musikverein reinsetzen? Stattdessen kannst du mit denen rumhändeln, dass sie ihre Hecke schneiden, die Jugendstilfassade nicht durch einen Glasvorbau verschandeln und solche Geschichten. Wenn du aber selber was von ihnen willst, eine Unterstützung, eine

Spende fürs Krippenspiel morgen zum Beispiel, dann bürsten sie dich als Wichtel ab. Sind ja kultivierte Herrschaften, Freigeister, weißt schon, die so einen Behördendeppen wie mich erst mal im Windfang stehen lassen. Der Staat geht denen vollkommen am Arsch vorbei. Sie selber zahlen keine Steuern, aber wenn der Staat ihnen nicht aufs Wort pariert, wird durchgeklagt. So, und ich Depp weiß heute noch nicht, ob morgen durch die Sammlung genügend Geld zusammenkommt, dass ich wenigstens Maria, Joseph und die zwei Hirten auf irgendwas einladen könnte. Das ist doch ein Witz, oder?

Er schaute in den leeren Flachmann.

– Au weh! Das war's.

Mit der ganzen Kraft seiner durch Winterarbeit gestählten Armmuskeln haute er mir auf die Schulter.

– Jetzt musst du dir den ganzen Schmarren anhören. Was hättest du denn gewollt?

– Euer Metzger? Wo ist denn der?

– Gleich hinter der Kirche links, den kannst du nicht verfehlen.

Ich verstaute meinen Flachmann wieder im Parka.

– Also probieren wir es noch mal: Frohes Fest!

Er streckte mir die Hand hin.

– Genau. Frohes Fest!

Ich stapfte davon, er schippte schnapsbeflügelt weiter.

40

Ich kaufte beim Metzger ein großes Stück Fleischwurst, die hierzulande Leoni genannt wird, weil man eine Lyoner nicht so sprechen darf, wie sie geschrieben wird. Mit meinem Wurstpaket ging ich zum Bus zurück und wärmte mich mit einem Becher Kaffee auf. Die Wurst roch so gut, dass ich mir ein Stück abschnitt und probierte. Eigentlich war sie viel zu schade für Bernis Köter, aber mit Fleischwurst hatte ich die besten Erfahrungen bei bissigen Hunden gemacht.

Am Zaun pfiff ich und hielt zwei Wurststückchen bereit. Die Hunde kamen gelaufen, knurrten ein wenig, schnupperten dann an den Brocken und fraßen. Diese beiden Schäferhunde hatten mit Sicherheit einen deutschen Pass, waren gut ausgebildet und daran gewöhnt, auf klare Kommandos ebenso klar zu reagieren. Ich kletterte über den Zaun. Knurrend hob der eine den Kopf.

– Aus!

Das wirkte. Ich verteilte den Rest der Wurst unter die beiden und arbeitete mich durch den hohen Schnee Richtung Eingang. Den geräumten Weg zu benutzen war nicht ratsam. Die Haustür lag geschützt unter einem ausladenden Vordach. Ich klingelte und trat beiseite. Die Wegbeleuchtung schaltete sich ein. Von drinnen her hörte ich Bernie Hallo rufen. Wahrscheinlich scannte er jetzt den Bereich vor dem Gartentor auf seinem Monitor. Ich klingelte nochmals. Berni öffnete die Haustür und trat auf den Vorplatz.

– Hallo! Wer ist denn da?

Ich kam aus meiner Deckung, packte seinen Arm, drehte

ihn nach hinten und drückte ihn hoch, sodass er sich vorbeugen musste, und stieß ihn in sein Haus zurück. Dass er draußen Lärm machte, sollte in jedem Fall verhindert werden. Und dass er drinnen jemanden bei sich hatte, musste ich riskieren. Er stolperte in die Garderobe, einen mit roten Läufern ausgestatteten Vorraum. *Haxn abkratzn!* – wie es seine Fußmatte vorschlug, diesen Gefallen konnte ich ihm nicht tun. Mir war klar, dass ich in dem kräftigen Mannsbild einen giftigen Gegner hatte.

Schnell hatte er sich gefangen und sprang hoch, um sich auf mich zu werfen. Damit war zu rechnen. Zwar hatte ich meine Stahlrute in der Hand, aber ernsthaft verletzen wollte ich ihn nicht. Also trat ich ihm in die Eier. Jaulend krümmte er sich. Ich zog meinen Totschläger pfeifend durch die Luft.

– Wenn du Ärger machst, klopfe ich dich windelweich, sagte ich.

– Geld habe ich keines da. Nichts. Da ist null zu holen, japste er.

– Schon recht. Vorwärts, gehen wir hinein.

Die große Stube war holzgetäfelt, wie es sich für einen bayerischen Gastronomen gehörte. Solides Handwerk konnte man ja noch goutieren, die aufgehängten Bastwichtel, die Trockenblumen, die Anemonen in Aquarelltechnik und vor allem der Dreschflegel raubten einem jedoch den Atem. Unsereiner hat durch seinen Beruf schon so viel Geschmackloses in Wohnungen erlebt, dass ich mich frage, ob es nicht eine der großen Aufgaben der Kulturpolitik wäre, den Denkmalschutz nach innen hinein zu erweitern.

Berni schlich ängstlich voraus und zog den Kopf ein. Er traute dem Frieden nicht. Er trug einen Trainingsanzug mit Kapuzenshirt, logischerweise ein Werbegeschenk der Brauerei, deren Emblem aufgedruckt war. Wir setzten uns auf seine lustig geblümte Sitzlandschaft, die dekormäßig das Flair einer Almwiese atmete.

– Was willst du denn von mir, raunzte Berni.

Ich schaute auf meine Uhr. Es ging auf ein Uhr.

– Wir zwei unterhalten uns jetzt in aller Ruhe, bis wir unsere ganzen Geschichten aufgearbeitet haben.

Berni fixierte mich, konnte mich aber noch nicht einordnen.

– Ich bin es: der Nikolaus.

Berni schoss hoch.

– Du unverschämter Kerl, du. Was bildest du dir ein?

Nun musste ich doch noch meinen Tatzenstock ziehen. Ich köpfte die erste Trockenblume.

– So machen wir weiter. Bis du die Deko von deinem Heustadel vom Boden aufsaugen kannst.

Berni knirschte. Der bayerische Herrenmensch ist nur schwer kleinzukriegen.

41

Nun hätte mir etwas von der Systematik und guten Vorbereitung Inspektor Dieselhofers gutgetan. Man hat aber leider keine Polizeischule besucht und auch kein Diplom in Verhörtechnik erworben.

– Wer hat Maillinger umgelegt?

Berni zog amüsiert über so viel Naivität die Augenbrauen hoch.

– Darf ich dazu erst mal meinen Anwalt sprechen, Herr Hilfspolizist?

Ich packte die Kordeln seines Kapuzenshirts und zog sie zusammen, bis er rot anlief.

– Pass auf, Berni. Dein Emmelmann hat recht. Ich habe Unterlagen, von dir persönlich übrigens, dass euer Verein bis vor Kurzem einen Überschuss von gut und gern hunderttausend Euro auf der hohen Kante gehabt hat. Und zweitens: Warum sollte Maillinger das Koks nicht auch für dich besorgt haben? Köche nehmen gerne mal eine Nase. Und drittens: Dass du deinen Bedienungen an die Wäsche gehst, ist immerhin eine nette Klatschgeschichte.

Berni winkte lachend ab.

– Von denen wirst du so was nie hören.

– Weiß ich. Ist mir aber wurscht. Die Mischung macht's. Wo veruntreut und gekokst wird, da passt Sex immer gut dazu. Weil Testosteron der Stoff ist, der die meisten Existenzen ruiniert. Geld, Koks und Sex, da sind doch Geschichten dabei, die jeder gern liest. Und ich habe ja auch einiges mitgekriegt, das will ich gern jeder Münchner Zeitung gegenüber wiederholen. In allen Details. Dazu die Sache mit Maillinger ist ja auch nicht ohne. Einmal ganz ehrlich, Berni: Ein bissel was bleibt doch immer hängen, oder? Wenn du gerüchtemäßig unter die Räder kommst, bist du nicht mehr der Strahlemann, sondern der Schmutzfink. Geschäftlich gesehen ein Aussätziger.

Berni schaute mich mit Dackelaugen an.

– Höre ich jetzt was?

Er seufzte und nickte schließlich.

– Also dann: Wer hat Maillinger umgelegt?

– Niemand. Er hat sich selber umgebracht.

– Warum sollte er denn?

– Der war fix und fertig. Total verspekuliert.
– Und das soll ich glauben?
Berni zuckte die Achseln.
– Spätestens nach den Feiertagen kannst du es nachlesen. Was meinst du, was zurzeit bei der Polizei los ist? Angesehene Leute stehen bei denen auf der Matte. Der Maillinger hat das gesamte Geld versenkt, das sie ihm anvertraut haben.

Ich zog Bernis Einladungskarte aus der Tasche.
– Damit vielleicht: Geldanlage kulinarisch?
Er fuchtelte mit den Armen in der Luft herum.
– Du, jetzt mach keinen Fehler. Ich bin selber Opfer. Mindestens zweihunderttausend habe ich verloren. In den Derringer Goldmines. Das ist amtlich.

Ich fasste seinen stattlichen Seegrundbesitz in einer harmonischen Rundumbewegung zusammen.
– Aber es geht doch noch gerade so? Man kommt über die Runden?
Er funkelte mich an.
– Scheißegal. Ich bin Opfer von Maillinger, nicht Täter. Ich habe die Leute eingeladen, ich habe gekocht – okay. Aber Maillinger hat die dreißig Prozent Rendite versprochen und das Geld eingesammelt. Meines dazu.
– Und den Schmarren habt ihr geglaubt?
Er wand sich.
– Zwangsläufig. Er hat ja auch sein eigenes Geld reingepumpt. Und die Leute, die hier gesessen sind, da haben einige etwas von Anlagen verstanden.
– Gier, bis der Kragenknopf platzt. In dieser Hinsicht seid ihr offenbar alle Opfer. Hör mal: Dass du für dreißig Prozent eine Bank besitzen oder ausrauben müsstest, das weiß sogar ich.

Er knetete seine Hände.

Natürlich hatte er Provision für seine Vermittlungsarbeit kassiert. Bestenfalls hatte er auch die in dem faulen Fonds versenkt. Ich hatte eine genaue Vorstellung davon, wie das abgelaufen war. Die erste wichtige Zutat war das Spezltum, Berni eben, der einem Bekannten seinen Ellenbogen in die Seite stieß und raunte, dass er da einen an der Hand habe, der dreißig Prozent garantiere. Dann trafen sie sich wie Freunde zum Essen und Trinken, man war unter sich, lauter honorige Leute mit so viel Geld in der Tasche, dass sie es für selbstverständlich und angemessen hielten, wenn weiteres Geld bei ihnen anklopfte und darum bat, in ihre Tasche hüpfen zu dürfen. Das war also die zweite wichtige Zutat. In dieser finanziellen Höhenlage war man gegen die miesmacherische Vorstellung gefeit, eine Summe, die in den eigenen Beutel drängte, könnte zu groß geraten sein.

Diesmal war es aber bestimmt ein Engelein, das meine Schläfen ein wenig mit *Himmlisch Wasser* betupfte und meinen Blick klärte. Ich sah hinüber zu Berni. Blunsig hockte er in seinem Graumann da mit einem so traurigen Teigface, dass man hätte weinen mögen. Auch seine ausgetretenen Filzlatschen machten nicht gerade einen schmalen Fuß. Tatsächlich empfand ich plötzlich Mitleid mit diesem Hanswurst in seiner Brauereikluft. So viel Geld konnte man mir gar nicht bieten, dass ich mich in sein als Almhütte ausgebautes Haus gesetzt hätte, Geld, für das er noch dazu landauf, landab den rustikalen bayerischen Seppel geben musste.

– Jetzt machst du uns einen Kaffee, sagte ich. Und ich werde solange überprüfen, ob du mir einen Bären aufgebunden hast.

Ich schnappte mir sein Telefon und wählte Dieselhofers

Nummer. Über die offene Küchentheke hinweg sah ich Berni am Herd werkeln. Da gehörte er hin, das war sein Revier. Da sollte er auch bleiben.

42

Endlich hatte ich mich zu Dieselhofer durchgefragt. Er kaute schon wieder. Munter war er trotzdem.

– Was treiben Sie denn, Herr Gossec?

– Ein paar Tagessätze draufsatteln.

Dieselhofer schwieg, dann hustete er.

– Auf dem Ohr bin ich taub. Machen Sie keinen Unsinn, sonst rücken wir zusammen.

– Versprochen. Ich schaue heute Nachmittag bei Ihnen vorbei, vielleicht kann ich Ihnen ja ein paar Details liefern, die Sie noch nicht kennen.

– Gut, sagte er. Ich wollte Sie sowieso sprechen. Sie sind jetzt endgültig aus dem Schneider. Maillinger, das war Selbstmord. Er hat sich oben am Türstock aufgehängt, und das Seil ist dann gerissen. Wer immer bei ihm eingebrochen hat, der kam später, als er schon tot war.

– Genau danach wollte ich Sie fragen.

Ich wehrte alle weiteren Fragen von ihm ab und versprach noch einmal, ihn heute aufzusuchen.

Berni kam mit dem Kaffee.

– Okay, Berni, bis jetzt passt alles. Aber woher weißt du das mit dem Selbstmord?

– Bin ja nicht blöd. Der Maillinger war ja vollkommen narrisch, komplett durch den Wind. Und süchtig. Der hat doch keinen Peil mehr gehabt, was wirklich läuft. Erreicht habe ich ihn nirgendwo, dann habe ich schon einen Verdacht gehabt und dem Alois gesagt, er soll bei ihm nachschauen. Und…

Berni hob seinen Finger.

– Jetzt pass ganz genau auf: … gegebenenfalls Hilfestellung leisten.

– Tür aufbrechen, meinst du? Und dass das Eisen drin geblieben ist, reiner Zufall?

– Er hat halt die Nerven verloren. Ein einfacher Schankkellner.

Ich nahm einen weiteren Schluck.

– Und das Geld vom Verein? Lass mich raten! Ihr habt es in denselben maroden Fonds eingeschossen. Derringer Goldmines, oder?

– Es war ja eigentlich eine humane Idee, oder? Spendengeld anlegen und vermehren.

– Verheizen! Und wer sagt, dass ihr damit nicht lieber selbst kassieren wolltet? Ohne Risiko.

– Maillinger! Ich nicht, ich habe damit nichts zu tun. Er hat über das Geld verfügt. Nur der Kassier und Geschäftsführer und eben nicht der Vorstand, so steht es in der Satzung. Und was einem komplett verzweifelten Menschen durch den Kopf geht, wer weiß das schon?

– Das heißt, dass das Geld jetzt weg ist, geht dir komplett am Arsch vorbei?

– Natürlich nicht, aber hallo! Nur privat kann ich nichts dafür, wenn der Verein damit so schlecht wirtschaftet, verstehst?

Ich dachte noch einmal über alles nach. Aber die Sache war schon klar: Maillinger hatte mit seinem Selbstmord der ganze Bagage einen großen Dienst erwiesen. Wer hatte mir eine über den Schädel gezogen? Maillinger! Wer hatte das Geld in den Ofen geschossen? Maillinger! Er hatte alle Schuld auf sich und mit ins Grab genommen. Und wenn trotzdem noch etwas offen war auf dem Sündenkonto, gab es ja auch noch Alois. Berni und die anderen hingegen mussten getröstet werden, sie hatten Geld verloren und man hatte an ihrem guten Ruf gekratzt. Zu einem solchen Schluss musste jeder gute Polizeibeamte kommen. Aber das mochte Dieselhofers Position sein, meine war es nicht.

Da kam mir, vorweihnachtlich pünktlich, eine Erleuchtung. Ich beugte mich zu Berni hinüber.

– Was der Maillinger vom Vereinsgeld verspekuliert hat, war euch anvertraut. Dir genauso. Zu karitativen Zwecken. Du bist der Vorstand und Nutznießer von dem ganzen Wohltätigkeitszauber. Für das Geld kommst du auf. Dafür werde ich sorgen, verlass dich drauf!

Natürlich hatte sich Berni inzwischen von seinen Emmelmännern beraten lassen, und man war sicher zu dem Schluss gekommen, dass der Mandant in jeder Hinsicht aus dem Schneider war. Die Vorstellung, dass sich ein anderer mit Aussichtslosem abmühte, belebte ihn sichtlich. Er bekam seine roten Apfelbacken wieder.

– Das möchte ich sehen!
– Schauen wir mal.

Ich stand auf. In der Tür wandte ich mich noch einmal um.

– Wenn irgendetwas falsch rüberkommt von unserer Unterredung heute, bist du dran!

Ich zog die Haustür hinter mir zu, tätschelte Hasso und Rasso, die mich zum Gartentor begleiteten, und verschwand im Schneetreiben.

43

Ich kehrte den Schnee von meinem Bus ab und schaufelte die Spur frei. Die Mühsal des Bürgermeisters rückte mir dabei anschaulich vor Augen. Dieses ganze Pack hier war gegen jeden Selbstzweifel gefeit. Man fühlte sich in einer anderen Liga und hatte mit solchen Staatsbütteln und den anderen Pinschern nichts am Hut.

Mein Bus sprang auf Anhieb an, und ich lenkte ihn zum Rathaus. Der Parkplatz war sauber geräumt. Die Tür war offen, ihn zu finden nicht schwierig, man musste nur den Schneebröckchen und feuchten Fußabdrücken nachgehen.

– Raus da, geschlossen heute!

Derb schrie er mir das in den Rücken. Ich drehte mich um.

– Ach, du bist es! Was gibt's? Hast du den Metzger nicht gefunden?

– Schon.

– Aber?

– Das Krippenspiel morgen geht mir nicht aus dem Kopf.

Ich kramte in meiner Brusttasche, bis ich endlich meinen Geldbeutel herausfischen konnte.

– Was wird das jetzt, fragte er.

Ich reichte ihm zwei Hunderter.

– Maria, Joseph, zwei Hirten – da müsste doch einladungsmäßig was gehen mit zweihundert Euro, oder?

Er schwankte wie eine Nordmanntanne im Wind. Beim Reden schmatzte er, er hatte ein trockenes Maul, aber das mochte vom Schnaps herrühren.

– Ja Kruzifix!

– Als Weihnachtsspielleiter sollten Sie nicht fluchen.
Er grinste und steckte das Geld ein.
– Spendenquittung?
Ich schüttelte den Kopf. Er fasste mich unter und geleitete mich zur Tür. Mit der ihm eigenen Hartnäckigkeit arbeitete er daran, meine gute Tat in sein sperriges Weltbild einzubauen.
– Hast du ein Boot?
– Noch nie gehabt.
– Aber wenn du doch mal eins hast oder willst und einen Liegeplatz brauchst, rufst mich an oder kommst vorbei.
Wir wünschten uns nochmals frohe Weihnachten, und er winkte mir hinterher, als ich losfuhr.
Durch dichten Schnee kämpfte ich mich nach München zurück. Um meinen alten Kutter auf Kurs zu halten, war großes navigatorisches Geschick erforderlich. Von Lenken in dem Sinne, dass auf eine Aktion eine Reaktion erfolgt, konnte bei meinem Bus keine Rede mehr sein. Ich glitt auf seifigem Untergrund dahin und musste mich hinterrücks von den Nebelscheinwerfern der mühelos dahinrollenden Geländepanzer durchbohren lassen. Das steckte ich weg, aber nicht den mitleidigen Seitenblick, den sie mir im Moment des Überholens zuwarfen. Da hätte ich gern zugelangt, wenn ich mit meiner Hand hinübergereicht hätte.

44

Bei Julius und meinem Laden konnte ich nur auf einen Sprung vorbeischauen, ich hatte ordentlich Druck und eine Menge anstehen. Julius verbreitete gute Laune, er wuchs immer besser ins Verkaufen hinein und sagte, auch heute sei noch einiges über die Theke gegangen.

– Dann mach den Laden dicht und setz das Geld in pommersche Gänsebrüste, Räucherlachs und hochwertige Alkoholika um, was du eben so zusammenraffen kannst, dass wir anständig was zu konsumieren haben über die Feiertage.

Ich zog mir trockene Strümpfe und Schuhe an und tippte auf meinem PC noch einen kurzen Text, den ich mir bereits zurechtgelegt hatte und den ich mit Presseerklärung überschrieb. Ich steckte ihn in ein gefüttertes Kuvert, das richtig wertig aussah. Dann machte ich mich gleich wieder auf den Weg. Mein erster Besuch galt Dieselhofer. Ich erzählte ihm, was ich von Berni hatte erfahren können. Er stöhnte und winkte ab.

– Wir haben schon ein halbes Dutzend Geschädigter. Hundertfünfzigtausend im Schnitt. Übergabe im Geldkoffer gegen Quittung. Und jetzt sind sie alle nur noch eines: Bürger, die von uns ihren Schutz einfordern. Und natürlich vor allem ihr Geld. Aber da kann man nur sagen: Weg ist weg!

Diese Koffer waren bei Bernis Soireen über den Tisch gegangen, vielleicht hatten sie sich auch unten herum schwarz und steuerfrei angeschlichen.

– Es geht um nichts, weil nichts gestohlen oder beschädigt worden ist, aber wer da beim Maillinger eingebrochen hat, das würde uns schon interessieren.

– Alois, sagte ich ohne zu zögern. Alois Hieber.
– Der Cousin?

Jetzt wurde mir klar, was der Grund für Alois' hündische Ergebenheit gegenüber Berni war. Er würde seinen erfolgreichen Verwandten immer decken und den Handlanger machen.

– Der Maillinger war abgängig, fuhr ich fort, und er sollte nachschauen, weil den Verdacht, dass er sich etwas antun könnte, den gab es offenbar schon.

Dieselhofer faltete die Hände.

– Dann lassen wir es gut sein. Für Sie liegt jetzt nichts mehr an, und mit allem anderen müssen wir halt schauen, wie wir da zurande kommen. Schöne Feiertage!

Das war mal eine nette Abwechslung, so aus dem Revier hinauskomplimentiert zu werden. Das Bedürfnis, mich festzuhalten, hatte sonst eher überwogen.

Und jetzt stand an, was einem Münchner Bürger in außerordentlichen Krisenfällen eigentlich grundsätzlich gestattet sein sollte: Besuch und Aussprache mit dem gewählten Stadtoberhaupt. Bei allem Weiteren konnte mir nur noch der Oberbürgermeister helfen. Ich selber war dieser Spezies gegenüber ja auch nicht ungefällig gewesen.

Von der Ettstraße ins Rathaus hinüber war es nur ein Katzensprung. Dass ich diese Unterredung auf regulärem Weg herbeiführen könnte, fasste ich erst gar nicht ins Auge. Ich musste es nur schaffen, mich zu ihm durchzuschlagen, wenn ich erst ans Reden kam, dann würden wir uns schon einig werden.

Der Haupteingang des Rathauses war verschlossen, also arbeitete ich mich weiter durchs Gewühle des Einkaufsfinales zum Fischbrunnen. Der dortige Eingang war tatsächlich noch besetzt. Jetzt galt es.

– Grüß Gott!

Der Pförtner streckte den Kopf heraus und begutachtete das schöne Kuvert, das ich ihm hinstreckte. Ich nagelte es geräuschvoll vor ihn hin.

– Die zwei Opernkarten für heute Abend. Direkt an das Vorzimmer von OB Ude.

Immer noch visitierte der Pförtner das Kuvert.

– Bringen Sie es doch gleich hoch!

Mein forscher Anweisungston machte ihn sichtlich grantig.

– Nichts da. Die Pforte bleibt nie unbesetzt. Das legen wir ins Fach.

Ich klopfte auf den Umschlag.

– Können Sie nicht lesen? Persönliche Zustellung per Boten. Jetzt seien Sie so freundlich und gehen endlich hoch. Ich muss ja auch weiter.

Nun platzte ihm der Kragen.

– Ja, Herrschaftszeiten, bringen Sie Ihre Sachen doch selbst hinauf, wir sind doch hier keine Laufburschen.

Scheinbar widerwillig nahm ich den Umschlag wieder an mich und machte mich auf den Weg. Ich stieg die Treppen hinauf bis in den zweiten Stock. Dort im Westflügel befand sich das Büro des Oberbürgermeisters. Forsch betätigte ich die Klinke, die Tür war jedoch verschlossen. Ich klopfte. Nichts war zu hören. Also klopfte ich kräftiger. Immerhin schaute von nebenan eine Frau heraus. Allerdings war sie bereits im Mantel.

– Was wollen Sie denn hier?

– Zum OB. Wegen der Veranstaltung morgen, auf der er spricht.

– Das können Sie für heute vergessen. Dafür hat der keine Zeit mehr, der will ja auch mal rechtzeitig nach Hause.

Das war es dann schon. Die Unterredung mit meinem Oberbürgermeister war geplatzt. Aber ich hatte ja noch Plan B.

– Könnten Sie ihm denn dieses Kuvert mit der Presseerklärung zukommen lassen?

– Worum geht es darin, erkundigte sie sich misstrauisch.

– Lux in tenebris. Der Verein für die bedürftigen Münchner. Berni Berghammer, wissen Sie?

Das zog. Sie nickte.

– Und was ist damit?

– Das soll er morgen in seine Rede einbauen. Wäre wirklich sehr wichtig.

Sie machte eine Notiz auf das Kuvert.

– Kriegt er das auch verlässlich?

– Das lassen Sie meine Sorge sein.

Demnach blieb mir nur noch der Kotau.

– Schöne Feiertage, Wiedersehen!

– Wiederschauen!

Der Pförtner unten blickte kurz von seiner Zeitung auf, als ich wieder ins Freie ging.

Mehr hatte ich heute nicht drauf, mehr als mein Bestes konnte ich nicht geben.

45

Als ich am nächsten Morgen aufwachte, war es so weit: Heiligabend war da. Allein schon aufwachen und feststellen dürfen, dass sich dieser tapfere Kerl wieder einmal durch den spätsommerlichen Lebkuchen- und Stollen-Vorverkauf, den Schokonikolaus- und Glühwein-Herbst, schließlich den langen Dessous- und Spielkonsolen-Advent hindurchgekämpft hatte und trotzdem ins Ziel gekommen war, hob sein Ansehen ungemein. Allerdings hatte er auch dieses Jahr nicht auf das gewohnte Osterwetter verzichten wollen. Die weiße Pracht schmolz im Nu, brauner Matsch und feuchte Füße für alle – so begann der Morgen. Ich unterzog den Kühlschrank einer Überprüfung. Julius hatte wacker eingekauft, bis Silvester würden wir jeden Belagerungszustand mühelos überstehen können. Was noch fehlte, war Frischware. Und natürlich noch ein Extrakasten der Weihnachtsedition, handgeschöpft in braune Klassikflaschen und mit selbst gemalten Etiketten veredelt. Nicht dass ich biermäßig schon auf Reserve lief, aber zwei Männer in harmonischer Stimmungslage, sich und dem Christkind herzlich zugetan, konnten oftmals Wunder vollbringen, und dafür wollte gesorgt sein.

Meine zweite Besorgung galt den Weißwürsten, die ich im Schlachthof holte. Die Brezen dazu bekam ich beim Spezialbäcker. Sein restliches Gebäck konnte man übers Haus werfen, aber Brezen buk er wie ein Künstler. Nun war nur noch der Senfvorrat aufzufüllen.

Und das Schönste war, dass alle Einkäufe fast ohne Scharmützel abliefen, auch dies ein Weihnachtswunder, denn die Stadt und vor allem die Lebensmittelgeschäfte wimmelten von Versorgungsoffizieren, die den strikten Auftrag hatten, für ihre zu Hause liegenden Truppen den Nachschub sicherzustellen. Außer einem unbedeutenden Rencontre mit einem dieser trampeligen, dicken Weiber, die dich, asthmatisch in deinen Nacken pfeifend, von hinten wahlweise mit ihrem Einkaufswagen oder ihrem ausladenden Brustpanzer touchieren und vorwärtszudrücken versuchen, davon also abgesehen, war die aktuelle Gefechtslage klar und von keiner weiteren Feindberührung getrübt. In das Logbuch des diesjährigen Heiligabends konnte ich daher für zehn Uhr morgens den beruhigenden Hinweis eintragen: keine besonderen Vorkommnisse.

Bis dahin war mein Programm für den Tag recht überschaubar gewesen: Für sechs Uhr nachmittags war mein Erscheinen im Weißbräu vorgemerkt. Anschließend war geselliges Beisammensein mit Julius geplant und später, sofern wir noch gut auf den Beinen waren, Besuch der Christmette in St. Andreas. Ich hatte meine immergrüne Tanne aus dem Keller geholt und säuberte sie mit dem Dampfgebläse, als plötzlich der alte Seebär aus dem Altenstift vor mir stand. Der gute Herr Albert.

– Frohe Weihnachten, sagte er.

Misstrauisch guckte ich ihn an.

– Bin heute nicht im Dienst. Weder handelswaremäßig noch geistlich.

Ein, wie ich fand, allzu geschmerztes Lächeln kräuselte seine Lippen.

– Schwester Adeodata bat mich, Ihnen diesen Umschlag zu überreichen.

Ich nahm ihn und riss das Kuvert sofort auf. Die Bescherung hatte bereits begonnen. Ein weiteres Mal bat mich unser Herr Kardinal, Erzbischof von München und Freising, zu einer Bischofskonferenz der ehrenamtlichen Nikoläuse. Fünfzehn Uhr im erzbischöflichen Palais, bitte in Zivil. Was hatte der Mann Humor!

– Vielen Dank! Dann auch Ihnen frohe Weihnachten!

Unschlüssig stand er da. Ich wusste genau, warum. Er hatte keine Ahnung, wie er das Gespräch anpacken sollte.

– Wollen Sie noch was sagen?

Wie ein Fisch an Land ruckte, zuckte und zappelte etwas in ihm. Sein wechselnder Gesichtsausdruck war gediegene Kinounterhaltung in Stummfilm-Ausfertigung. Ganz klar, den vermeintlich geistlichen Schutz wollte er nicht so ohne Weiteres preisgeben.

– Haben Sie es auch gehört? Der Knaller ist nicht mehr aktiv. Hat sich endgültig zur Ruhe gesetzt, gab ich dann doch den Anstoß.

Er nickte.

– Kann ich bestätigen.

– Ob man die anderen Fälle je wird aufklären können?

Er wiegte den Kopf.

– Das frage ich mich auch. Ein Geständnis soll ja vorliegen. Schriftlich.

Anerkennend nickte ich ihm zu.

– Aber es wird wohl ein Testament werden, setzte er rasch hinzu.

– Von mir aus.

Erleichtert gab er mir die Hand.

– Schöne Weihnachten!

– Ebenso.

Er trottete durch den Matsch davon.

Ich beendete meine Arbeit am Baum, stellte das gute Stück in die Wohnung und schmückte es mit den Restbeständen meiner Kollektion. Dann setzte ich mich ans Telefon und rief bei ein paar Bekannten durch, die als Geistwesen durch meinen Kopf huschten und mich traurig ansahen, weil ich ihnen schon wieder keine Weihnachtskarte geschrieben hatte. Selbstverständlich meldete ich mich auch bei Emma, ließ mich ausführlich über Schwiegermamas Beschwerden und die *gradi* in Messina informieren. So früh am Tage konnte ich noch ohne sentimentalische Verstrickungen parlieren. Ich versprach ihr hoch und heilig, spätestens Dreikönig zu einer schönen Bescherung anwesend zu sein. Anschließend entkorkte ich das erste Fläschchen der Weihnachtsedition und öffnete damit das Kalendertürchen zum Vierundzwanzigsten. Natürlich aß ich Schnittchen dazu, wer möchte schon angetrunken in diesen Tag taumeln?

46

Viel Zeit verwendete ich darauf, die korrekte Kleidung für die anstehende Bischofskonferenz auszusuchen. Ich probierte vieles an und landete zu guter Letzt doch wieder beim bewährten Gehrock, der für die priesterliche Soutane das ist, was der Stutzflügel für das Konzertpiano bedeutet.

Das Schöne an München ist, dass doch alles recht nah beisammen liegt. Das Palais unseres Kardinals befindet sich unweit des Bayerischen Hofs in der Kardinal-Faulhaber-Straße, vorbeigelaufen ist man ja schon oft, nur dieses Mal durfte ich tatsächlich hinein. Der Ordnerdienst wurde von Jungmannen geleistet, die ihrer Statur wegen in jedem Kolpinghaus als Handwerksburschen Einlass erhalten hätten. Man zeigte nochmals seine Einladung und setzte sich dann an einen bereits gedeckten Kaffeetisch, für den irgendwelche barmherzigen Schwestern Unmengen von Christstollen und Plätzchen gebacken hatten.

Viele der Kollegen kannten sich bereits und schüttelten

sich die Hände. Die meisten waren schon ältere, gestandene Herren, vom Typ her Mitglieder des Pfarrgemeinderats, denen Mutti zur Feier des Tages den Nacken ausrasiert hatte, oder eben Oberministranten mit von Drogen unverschatteten, blanken Knopfaugen. Alle waren sie jedoch bibelfest und redegewandt und wussten den letzten Pfarrbrief ebenso zu kommentieren wie die Enzyklika *Deus caritas est*. Da konnte unsereiner natürlich nicht mithalten, war aber gewieft genug zu wissen, dass man mit der Frage: Gibt's auch einen Schnaps dazu? große Heiterkeitsstürme bei diesen freundlichen Menschen entfachen konnte.

Dann trat unser Herr Kardinal vorne ans Mikrofon und begrüßte die Kollegen, was ihm schon im Ansatz die ersten Lacher einbrachte. In bewegenden Worten erzählte er die Geschichte des sagenhaften Bischofs von Myra, dem Ur-Nikolaus, der mit seinen Geschenken junge Frauen vor der Prostitution und junge Männer vor der Verwurstung durch einen schurkischen Metzger rettete. Bei theologischen Differenzen verteilte der temperamentvolle Mann schon mal Ohrfeigen. Eine gewisse Wesensverwandtschaft zwischen uns war nicht von der Hand zu weisen. Vieles von den Schilderungen seiner Großherzigkeit kannte ich schon zur Genüge, aber man konnte das nicht oft genug hören, schon gar nicht, wenn es aus dem Mund des Kardinals kam. Das Schöne ist, dass man als guter, bibelfester Christ ohnehin weiß, was der Prediger dort vorne sagen wird, und so kann man sich ganz darauf konzentrieren, wie er es präsentiert, und da vergibt man dann eben doch auch schon ganz unterschiedliche Noten für Haltung, Vortrag und Bildsprache. Eines senkte sich jedoch ganz tief in mein Bewusstsein, dass nämlich unser heiliger Nikolaus Türke war. Ein waschechter sozusagen, daselbst geboren und aufgewachsen.

Anschließend wandelte der Herr Kardinal noch ein bisschen von Tisch zu Tisch, um das eine oder andere Gespräch zu führen. Und wie es der Zufall einrichtete und meine Mutter gewollt hätte, landete er auch an meiner Tafel. Ringküssen war nicht, da ließ er gar nichts aufkommen, war auch in diesen Zeiten nicht geboten, denn einige im Saal hatten einen Mordsschnupfen.

– In welcher Pfarrei sind Sie denn?

– St. Andreas, sagte ich.

– Und, fragte er, sind Sie auch sonst recht aktiv in der Gemeinde?

Und schon war es passiert! Ich war überhaupt nicht aktiv, wenn es hochkam, besuchte ich die Kirche einmal im Jahr zur Christmette. Aber wie sollte man das einem freundlichen Kardinal sagen, der nur ein wenig plaudern wollte und gar nicht die Zeit hatte, sich religiösen Grundsatzfragen zu stellen? Und so tappte ich in meine eigene Falle, weil ich eben, wie es bei uns heißt, ums Verrecken keine Unwahrheit sagen kann. Mutwillig jedenfalls.

– Nicht so, erwiderte ich. Wissen Sie, ich halte es eigentlich mehr mit dem Buddhismus.

– Aha! Buddha, so so. Na ja.

Verschissen, Chance vertan! Wieder keinen Punkt für die Ewigkeit gesammelt und einen prominenten Fürsprecher verloren.

Er drehte ab und wendete sich dem jungen Priester neben ihm zu, seinem Sekretär vielleicht.

– Sie haben es immer noch nicht verstanden, dass der auch nur einer von uns war.

Der Sekretär nickte animiert, lächelte fein und hüstelte theologisch dazu.

– Josaphat Boddhisattva von Indien, so heißt Ihr Mann bei uns. Feiern wir jeden siebenundzwanzigsten November.

Dann zogen sie im Geschwader davon.

– Ist halt so eine Art religiöse Vorform bei dir, verstehst du, sagte der Kollege Harry Zindl am Nebentisch.

Er hatte das tröstlich gemeint, weil da ja noch etwas daraus werden konnte.

47

Schön durchgewärmt, gestärkt von Kaffee und Stollen, wanderte ich zum Weißbräu hinüber. In der Tasche hatte ich drei Adressen von wohlmeinenden Leuten, die mich für einen guten Kerl hielten und deshalb bereit waren, den Widersacher in mir niederzuringen. In Pasing könnte ich einmal die Woche an einer Meditationsgruppe teilnehmen, Pater Ferdinand stünde zu einem persönlichen Interventionsgespräch auch zu Nachtzeiten zur Verfügung und Harry Zindl wollte mich seinem Kaplan vorstellen, der bisher noch jeden herumgekriegt habe. Das schwarze Schaf war allen eben besonders angelegen, und der verlorene Sohn machte noch mehr Freude. Zum Abschied hatten sie uns eine Tüte mit Plätzchen und Stollen überreicht, in der Anlage ein Fläschchen Hochprozentiges, vermutlich aus dem Feuerwasserbestand des Ordinariats, der von der letzten großen Indianermissionierung her immer noch reichhaltig bestückt war.

Großes Aufsehen zu erregen wäre ungeschickt gewesen.

Die Leute strudelten nur so hinein, ich hielt mich im Hintergrund und schlich zur Garderobe, wo ich meine Sachen verstaute und nach Alois Ausschau hielt, mit dem ich noch ein Hühnchen zu rupfen hatte. Wie ich das anstellen sollte, war mir selbst nicht klar, entscheidend war, wie er sich mir gegenüber verhalten würde. Grob oder bußfertig. Ich hörte jemand unten im Keller rumoren. Die Unterwelt war Alois' Reich. Die knarrenden Treppen hinunterzusteigen wagte ich nicht. Ich zwängte mich in den Lastenaufzug, mit dem sich auch große Fässer transportieren ließen. Als ich unten ankam und ausstieg, war alles ruhig. Das machte mir ein mulmiges Gefühl, ich spürte, dass etwas faul war. Ich ging auf Zehenspitzen zum Kühlraum, wo ich ihn vermutete.

Ich fand ihn nicht, spürte aber, dass er noch unten war. Dieser Riesenkerl beherrschte die Kunst, sich geräuschlos fortzubewegen und sich unsichtbar zu halten. Jetzt half nur noch die Provokation.

– Servus, Alois, rief ich. Gestern habe ich der Polizei gesteckt, dass du Maillingers Wohnung aufgehebelt hast. Dir legen sie auch noch das Handwerk!

Wiederholungen sind dem Menschen nicht deshalb geschickt worden, dass er sich langweile, sondern dass er es besser mache. Die Wiederholung der Ereignisse ist eine Chance. Es war wie damals an jenem Nikolausabend. Nur dass ich nun hellwach und von keinem Übergriff abgelenkt war. Wäre ich ein Hasso oder Rasso gewesen, hätte sich mein Nackenfell gesträubt, aber ich roch etwas, bemerkte einen Schatten hinter mir. Ich fuhr herum und sah ihn: Alois in seiner Lederschürze mit dem Bierschlegel in der Hand. Er hatte mir am Nikolausabend das Holztrumm übergezogen, das war mir jetzt vollkommen klar. In diesem Augenblick passierte sehr viel, die Zeit schien sich auszudehnen. Ich verstand, was los war und was ich zu tun hatte. Schon im Herumwirbeln holte ich aus und zog durch. Meine Faust krachte an Alois' Kinn und holte diesen Hünen postwendend von den Beinen. Er stolperte nach hinten und fiel in die Bierkästen. Sofort war ich über ihm und zog ihn hoch. Mit glasigen Augen stierte er mich an. Es reichte, den Sendebetrieb hatte der für heute eingestellt. Ich stieß ihn in seine Kästen zurück.

– Du mieser Schleicher.

Wäre er nicht so ein ungeschickter Dummbeutel gewesen, der sich bei seinen Niederträchtigkeiten wie ein Tölpel verhielt, hätte ich ihm mehr Gewissenserforschung und Reue eingebläut. Bei einem dummen Menschen wie ihm war das aussichtslos. Außerdem war Heiligabend. Aber dass ich mir den Schlegel ein zweites Mal verpassen lassen würde, das konnte mir kein Mitglied der Heiligen Familie zumuten.

Ich ging hoch und mischte mich unter die Bedürftigen. Die Speisung war bereits in vollem Gang, der Allacher Dreigesang, auf dem Hackbrett begleitet, servierte Weihnachtsweisen dazu. Ich verdrückte mich an das Ende des Saales, wo man einen guten Überblick hatte. Ein kleidungsmäßig leicht schwartiges Paar, das ich mit hoch aufgepackten Plastiksäcken auf dem Rad schon des Öfteren im Schlachthofviertel beim Betteln gesehen hatte, bot mir einen Platz an.

Endlich betrat der Oberbürgermeister die Bühne, darauf hatte ich lange und mit großer Spannung gewartet. Wie immer redete er launig und girlandig. Er tupfte die große Tradition des Gebens und Nehmens seiner weißblauen Heimatstadt hin und ließ den Unterschied zwischen Christkindl und Münchner Kindl vollkommen verschwinden. Wie ein Moriskentänzer bewegte er sich auf dem schweren, sentimentalischen Weihnachtsgeläuf, um in dem selbstmitleidigen Schniefen und dumpfen Starren auch einige Heiterkeitslichtlein zu zünden.

Ich litt. Mein Gott, was redete dieser Mensch da ausdauernd! Aber endlich, als ich schon mit einem Misserfolg meiner geschickt eingefädelten Mission rechnete, begann er den Organisatoren der Veranstaltung doch noch Kränze zu winden. Allen voran natürlich Berni Berghammer.

Dazu zog er einen Zettel heraus und nun kamen die goldenen Worte, auf die ich so lange gewartet hatte: Besonders freue er sich, etwas bekannt geben zu dürfen, von dem auch die anwesenden Damen und Herren der Presse noch nichts wüssten, dass sich nämlich der Verein Lux in tenebris entschlossen habe, mit einer hochherzigen Spende von hunderttausend Euro die Stadt München bei Aus- und Umbau des Carl-Löbe-Heims zu unterstützen.

Unter großem Beifall wurde Berni Berghammer auf die Bühne geholt. Selbst von meinem Platz aus bemerkte ich, wie sehr ihm der Schock in alle Glieder gefahren war. Das unnatürlich bleiche Gesicht im Ensemble mit seinen dunklen Resthaaren ließ ihn wie eine angekokelte Crème brûlée aussehen.

48

Als ich mich durch den Saal zum Ausgang zurückarbeitete, blieb ich noch bei Vierthaler und seinen Alkchinesen hängen. Ich hatte mit dem Kerl nichts mehr am Hut, er aber hatte sich erhoben, um mich in Empfang zu nehmen, und war ein komplett anderer Mensch, denn heute war er zur Feier des Tages stocknüchtern geblieben.

– Gossec, sagte er und wand mir seinen Arm um den Leib, du bist ein guter Kerl und ein echter Kamerad. Was auch immer kommt, bei mir hast du einen gut!

Seine Fraktion nickte das mit wässrigen Augen ab, man wünschte sich noch Frohes Fest, und ich schob mich weiter durch die Reihen.

Ich wäre ihm gerne ausgewichen, aber vielleicht war es unvermeidlich, dass ich Berni noch einmal in die Arme lief. Er stand da, richtete einen tränenverschleierten Blick nach oben und stützte beide Hände in die Hüften. Immer wieder schüttelte er den Kopf. Mit der ganzen Intensität seines hitzigen Gemüts bearbeitete er den herben Verlust seiner Talerchen. Da er nicht aus sich herausdurfte und Contenance zu wahren hatte, implodierte er auf eine weihnachtlich stille Art und Weise. Es zuckte in seinem Gesicht, er grimassierte wie ein Nervenkranker, als zerrten unsichtbare Kobolde an ihm.

Kaum hatte er seinen Blick klar gestellt, bemerkte er mich. Er packte mich am Schlafittchen und zog mich in seine Stube.

– Das hast du mir eingebrockt!

Ich schob seine Hände von meinem Revers und stellte vorsichtshalber meine Ordinariatstüte auf den Boden.

– Freilich. Ich habe es dir doch prophezeit, dass du den Verlust ausgleichen wirst.

Er holte aus, um mir eine zu wischen. Ich duckte mich und hob die Fäuste.

– Auf geht's, Berni. Darauf warte ich schon lange.

Entschlusslos ließ er seine Hand sinken. Dann griff er in die Tasche seiner Pepita-Kochhose und zog ein Taschentuch hervor, in das er geräuschvoll schnaubte, bevor mir sein ausgestreckter Arm die immerwährende Vertreibung aus dem Paradies anzeigte.

– Hinaus! Hausverbot in allen meinen Lokalen, und zwar für immer.

Damit konnte man leben, das Urteil hätte schlimmer ausfallen können.

49

Frohgemut stapfte ich nach Hause. Hätte über meinem Kopf ein Heiligenschein zu leuchten begonnen, es hätte mich nicht gewundert. Ich schellte Julius heraus, und wir gingen in meinen Laden hinüber, den ich wohlweislich vorgeheizt hatte. Zur Illumination unserer Tanne war nur ein Schalter umzulegen, und schon kam Weihnachtsstimmung auf. Die Weißwürste stellte ich gleich auf meinen Bullerofen im Laden, Tischdecke, Brezen und Getränke, das alles war ruckzuck hergerichtet. Schwierigkeiten bereitete nur die Bestimmung des optimalen Entnahmezeitpunkts der Würste. Dieser ergibt sich aus einer Resultante, Gesamtverweildauer genannt, und ist extrem schwer zu bestimmen, weil er von endogenen Faktoren wie Brätkonsistenz und Belastbarkeit des Naturdarms abhängig ist, aber auch von exogenen wie weiterer Hitzezufuhr, Wassertemperatur und -menge und somit im bayerischen Kosmos eine ähnlich rätselhafte Größe darstellt wie die Kraft, die das Universum zur Expansion zwingt. Bis zu ihrer schlüssigen Aufklärung hilft uns nur die Hoffnung, sie möchten nicht platzen.

Ich hatte Julius gebeten, die Begleitung von ein paar Weihnachtsliedern auf der Gitarre vorzubereiten. Als es so weit war, stellte sich heraus, dass er überhaupt nicht geübt hatte und seine viel gerühmte Fähigkeit, vom Blatt bzw. Bieretikett abzuspielen, scheiterte, weil die Noten so klein wie Fliegenschiss gedruckt waren und er noch nicht einmal den Bass- vom Violinschlüssel hätte unterscheiden können. So wichen wir dann doch auf Bekanntes aus und sangen gemeinsam von den vielen Straßen, die ein Mann zu gehen hat, bevor Julius zum Abschluss eine gitarrenmäßig abgespeckte Version des Windes darbot, der neben Maria auch noch nach Joseph und dem Kinde ruft. Dann rückten wir den Würsten und dem Bier zu Leibe.

Punkt elf zogen wir schwankend nach St. Andreas hinüber, wo sich die ganze Hautevolee des Schlachthofs zu einer italienisch-deutschen Christmette versammelte. Angemessener als in diesem grau gestrichenen Zweckbau konnten wir uns nicht zusammenfinden, die Antwort des Schlachthofviertels auf die Entstehung der Kirche aus der Markthalle. Beichtstühle so groß und klobig wie selbst zusammengebaute Kleiderschränke, kein Pelz, obwohl doch das Frackabziehen zum täglichen Geschäft der Schlachter gehörte, stattdessen Anoraks und Arbeiterkluft. Das Ganze ging so ehrlich wie der Gestank aus den Ställen über die Bühne, geschummelt wurde nur bei den guten Wünschen, die aus der Gemeinde vorgebracht wurden und die dann doch mehr mit Frieden und Glück für alle zu tun hatten statt mit dem Naheliegenden.

Als wir durch die Kälte nach Hause gingen, blieb Julius stehen und zeigte auf den menschenleeren Schlachthof.

– Weißt du, worauf ich mich am meisten freue?

Natürlich wusste ich das, aber Julius sollte es sagen dürfen.

– Nein, keine Ahnung!
– Mann, auf das Silvesterkonzert mit Jimmy Page natürlich.

Ich schaute in den wolkenlosen, frostklaren Himmel. Vom Herrn Pfarrer warm gepredigt und mit der Menschheit in bestem Einvernehmen vermerkte ich mit großer Dankbarkeit, dass ich auch diese turbulenten Tage unbeschadet überstanden und zu einem guten Ende gebracht hatte. Unsereiner schickt solche Bekundungen in den anonymen Weltraum hinauf, hätte ich sie einem höheren Wesen persönlich gewidmet, hätte es mir anständigerweise zurufen müssen: Welch ein Irrtum, Gossec! Denn an diesem schönen Abend hatte ich noch keine Vorstellung vom Ausmaß der Bedrängnisse, die in diesem fast schon zur Neige gegangenen Jahr noch auf mich zukommen würden.

Julius hakte sich bei mir unter. Der Schneematsch von heute Nachmittag war zu einer schmutzig-welligen Decke gefroren, die unter unseren vorsichtigen Schritten knackte und krachte. Wir erreichten wohlbehalten den Laden, wo wir noch ein paar Bier obendrauf legten.

50

Logischerweise war Julius in den Tagen nach Weihnachten vollauf beschäftigt. Der Verein hatte eine leer stehende Lagerhalle auf dem Schlachthofgelände gemietet. Der neue Pächter würde erst ab Dreikönig mit dem Umbau und der Einrichtung seines neuen Geschäfts beginnen. Dort ließen sie die gemietete Licht- und Soundanlage aufstellen, errichteten eine provisorische Bar und bunkerten Unmengen von Bier.

Ich verbrachte noch ruhige Tage. Mein Laden war geschlossen, und ich verschlief einen großen Teil der Zeit. Vor zwölf war mit mir nicht zu rechnen und dann war ich auch nur während eines kurzen Kaffees ansprechbar, weil ich hinüber zu *Sabatinos Osteria* auf einen Teller Pasta musste. Sabatino war ein gerissener Kalabrese, der jeden Panettone aushöhlen würde, wenn er das Innere ein weiteres Mal verkaufen könnte. Seit meinem Einsatz für seine Verwandtschaft genoss ich jedoch Artenschutz und seit meiner Liaison mit einer Italienerin gehörte ich sogar zur Familie. Als Gast wurde ich schon lange nicht mehr behandelt, man stellte mir einfach die Pasta hin, die ich heute zu essen hatte, und auch um Sabatinos voluminöse Weinschorlen kam ich nicht herum. Kein Wunder, dass ich mich vor dem Nachmittagskaffee noch mal aufs Ohr legte, was mir jedoch nicht schwerfiel, da sich unter meinen Vorfahren ein Bär befunden haben musste, mir jedenfalls die Fähigkeit des Winterschlafs mit in die Wiege gelegt worden war.

Kurz bevor ich den Tag zum zweiten Mal zündete, zum Nachmittagskaffee also, rief Julius an. Bis dahin hatte ich eine optimale Silvestervorbereitung gehabt.

– Und, fragte ich, alles gerichtet, alles klar?

– Bestens. Ein Problem nur…

Er verstummte.

– Ja?

– Wir konnten uns nicht einigen, wer ihn abholt. Er spricht ja nur Englisch. Man möchte ja mit ihm in ein Fachgespräch einsteigen, ist aber beim Autofahren und vor dem Konzert auch nicht so gut…

Sein Wortgemansche war grausam. Er redete kompletten Blödsinn. Bis er endlich durchschnaufte.

– ...und da dachten wir, dass es besser wäre, wenn eine neutralere Person ihn abholen würde. Du zum Beispiel.

Jetzt war es raus.

– Du scheißt dir ja auch nichts, oder?

Die gestandenen Mannsbilder des Vereins hatten sich zu hysterischen Pubertätsjünglingen zurückentwickelt. Mit ihrem Schlüpfer und einem Teddybär werfen wollen und dabei Auto fahren, das ging verkehrstechnisch nicht zusammen.

– Wann?

– Im Vertrag steht, sagte Julius, dass wir ihn Punkt sechs Uhr aus dem Bayerischen Hof holen müssen.

– Okay. Und wo steht eure Stretchlimousine?

– Edi fährt einen alten Daimler mit Fellsitzen und Anlage. Raucherwagen. Der wäre es doch, oder?

– Und du stellst ihn mir vor den Laden?

– Klar. Halb sechs. Du musst pünktlich sein.

– Immer.

– Pacta sunt servanda, verstehst du?

51

Kurz nach halb sechs Uhr gondelte ich in Edis rot lackiertem Daimler zum Bayerischen Hof. Langsam wurde ich dort Stammgast. Ich fuhr am Haupteingang vor. Ein Hotelportier öffnete den Schlag und fragte, ob er mein Gepäck hineintragen dürfe. Ich sagte, ich sei nur der Chauffeur und hole Herrn Page.

Meine Nagelstiefel machten sich auf dem feinen Steinfußboden ziemlich gut. Aber das Herz des schnöseligen Empfangschefs hätte ich wohl auch mit einer Stepeinlage nicht gewonnen. Mit seinem pharaonenhaften Hinterkopf und dem tief angesetzten Seitenscheitel hätten sie ihn in jedem Heinz-Erhardt-Film als schrulligen Engländer besetzt.

– Sie wünschen?

Er verfügte über das abnorme Vermögen, Kopf und Hals tiefer zu fahren, ohne dabei die Schultern zu bewegen. Ein Geier hinter der Theke.

– Ich möchte Herrn Page abholen.

– Page? Page?

Klackernd tippte er den Namen ein und blätterte auf dem Bildschirm hin und her.

– Vorname?

– Jimmy, vielleicht auch unter James zu finden.

– Ach, sagte er, Sie meinen den Gitarristen?

– Genau den.

In seinem Gesicht arbeitete es.

– Warum sagen Sie das nicht gleich? Der sitzt noch mit seinen Kumpels auf ein Bierchen an der Bar.

– Kumpels?

– Na, Eric Clapton und Alvin Lee. Sehen sich ja auch nicht alle Tage.

Mühsam beherrscht wandte er sich mir zu.

– Sie haben schon nach Ihnen gefragt.

Endlich explodierte er. Es zerriss ihn förmlich vor Lachen. Verdammt guter Witz! Mit weit aufgerissenen Augen und ebensolchem Mund schaute er hektisch um sich. In seinem

Hirn lief ein Ticker heiß: Sofort alle zusammenrufen. Stop. Diesen unsterblichen Witz in chirurgisch herauspräparierten Kleinstphasen noch mal erzählen. Stop. Hotel birst vor Lachen. Stop. Alle applaudieren. Stop.

Normalerweise hätte ich ihm eine reingesemmelt, aber ich beherrschte mich. Die Lage war viel zu ernst. Was sich nun anbahnte, war eine Katastrophe biblischen Ausmaßes. Ich wartete einfach mit regloser Miene, bis seine hässliche Lache im gleißenden Licht meiner souveränen Haltung schrumpelte, schließlich verdorrte und ihm in Gestalt einer giftig-braunschaligen Frucht vor die Füße fiel. Er hüstelte. Ich beugte mich über den Tresen.

– Mann, nehmen Sie sich doch zusammen.

Er haute ein paar Mal heftig auf die Leertaste.

– Tut mir leid, mein Herr. Einen Gast dieses Namens haben wir nicht hier.

Mit dem mir verbliebenen Gleichmut nagelte ich zum Ausgang zurück.

52

Ich fuhr den Wagen nur um die Ecke. Dann rief ich Julius an. Auf meine Nachricht hin hörte ich ihn nicht einmal mehr atmen. Wahrscheinlich war eine Notfallversorgung fällig. Als ich nun schon den dritten Veranstalter am Apparat hatte und zum dritten Mal die Hiobsbotschaft durchgab, platzte mir der Kragen.

– Schafft diesen verdammten Vertrag her, bis ich komme.

Der Männerverein stand wie die Bürger von Calais zusammen, eine Gruppe zwar, aber in tiefstem Schmerz jeder für sich: einer rang, einer wühlte, einer starrte, einer flehte innerlich, aber alle bissen sich zwischendurch auf die Lippen. Der Vertrag war ein Witz, so machte man noch nicht einmal die Lieferung eines Möbelstücks ab, geschweige denn das Engagement für einen musikalischen Abend. Sie hatten eine Vorauszahlung von vierzigtausend Euro geleistet, das restliche Geld war nach Beendigung des Konzerts fällig.

Ich rief die im Vertrag angegebene Telefonnummer an. Der fröhliche Wirt des *Flying Scotsman* meldete sich. Die Stimmung war noch nicht auf dem Siedepunkt, aber die Gäste waren dorthin gut unterwegs. Der Wirt schrie ein paar Mal den Namen von Finn Dunbar in die Runde, erntete jedoch nur Gegröle. Wir wünschten uns noch ein gutes Neues, ich versprach, gelegentlich auf das eine oder andere Bier vorbeizuschauen, und damit hatten wir die vierzigtausend Vereinstaler auf Nimmerwiedersehen beerdigt. Den einen verführte die Gier nach Gewinn, den anderen die Liebe zur Musik, dem Geld war es so oder so egal.

Draußen im Saal war bereits einiges geboten. Schieben, Rumoren, Rufen und Pfeifen, vor allem aber war es bereits eine halbe Stunde vor Beginn gesteckt voll. Ich wusste auch nicht, was ich nun mit dieser Gruppe von Bleichgesichtern anfangen sollte. Es war passiert, was nie hätte passieren dürfen, und das setzte sie schachmatt. Vor allem hatten sie angesichts einer bald rebellierenden Meute die Hosen voll.

– Und was machen wir jetzt?

Julius hatte gefragt. Reflexhaft mich. Ich guckte mich nach den anderen um. Aber von denen würde nichts kommen. Sie würden immer nur zustimmend nicken, ob ich nun sagte, sie seien alle Deppen, oder vorschlug, dass wir uns die Büßergewänder anziehen und sofort im Pilgerzug nach Altötting abmarschieren sollten.

– Rausgehen und durchgeben, was Sache ist.
– Und das würdest du echt tun, Gossec?

Das hatte ich nicht einmal angedeutet. In unbändiger Wut packte ich eine Bierflasche und warf sie gegen die Mauer. Das reichte nicht. Ich ließ zwei weitere an der Wand zerschellen.

– Sag doch, dass der Laster mit der Ausrüstung bei Adelzhausen liegen geblieben ist, gab Edi vor.

Ich machte ihm den Scheibenwischer für seinen dämlichen Vorschlag.

– Diesen Unsinn hast du doch früher schon nicht geglaubt. Also gut: Ich gehe raus, und ihr sorgt für Ersatz.
– Was meinst du das?
– Irgendjemand muss spielen und zwar in ziemlich genau einer halben Stunde.
– Kannst du vergessen!
– Wollt ihr da draußen Kleinholz einsammeln müssen?

Julius schüttelte stellvertretend für alle den Kopf.

– Hat jemand Onkel Tom und Henry im Saal gesehen?
– Sind bestimmt im Publikum, meldete Edi.
– Dann ist ja alles klar: Du schaffst die beiden her, Julius, du holst die Instrumente, und ich gehe jetzt raus und halte die Rübe hin.

Sie gaben mir ein T-Shirt, auf dem vorne groß *Staff* aufgedruckt war, das ich unter meine Lederjacke zog.

Und los ging es. Himmel hilf!

53

Was hätte ich nun für die Redefertigkeit mancher Leute gegeben, mit der sich dieser Wahnsinn, den ich mir antat, hätte abpuffern lassen. Aber auch bei solchen Geschichten hielt ich mich an das, was ich konnte, Krisenbewältigung nach Art der Boxer: kurz und trocken möglichst direkt ins Ziel. Von einem Punkt zum anderen geht es am schnellsten geradeaus.

– Viel Glück, sagte Edi.

So verabschiedete man Himmelfahrtskommandos.

Ich trat an die Rampe, klopfte auf das Mikrofon und sah auf die johlende und pfeifende Menge hinunter.

– Ich bitte um Aufmerksamkeit für eine Durchsage. Ruhe bitte!

Der Trubel legte sich etwas.

– Kurz und knapp: Die Veranstalter des heutigen Abends sind von einem betrügerischen Agenten aufs Kreuz gelegt worden. Jimmy Page ist nicht hier, er kommt nicht und hatte das auch nie vor. Das hat die Leute, die das organisiert haben, eine Stange Geld gekostet, ist aber logischerweise nicht euer Problem. Ich will nur sagen, dass euch niemand hier im Saal oder draußen in der Garderobe an den Beutel wollte.

Das Pfeifen und Schreien schwoll an. Wer jetzt den Zuchtmeister spielte, hatte verschissen. Ich wartete eine Weile und setzte dann noch mal neu an.

– Das tut mir wirklich leid, es hat aber keinen Sinn darum herumzureden. Wer gehen möchte, kann gehen, Geld gibt es an der Kasse zurück. Zeit genug für ein anderes Silvestervergnügen ist noch. Für die, die bleiben, gibt es zuerst *Slaughter-*

house Rock live und dann, wie geplant, große Disco. In einer Viertelstunde legen wir los.

So weit war alles gut gelaufen, keiner hatte eine Flasche nach mir geworfen, aber die eigentliche Prüfung folgte erst. Eine Art Gottesurteil. Sicherheitshalber hätte ich den direkten Ausgang zur Garderobe hinter die Bühne nehmen können. Ich sprang jedoch von der Rampe und machte mich daran, den ganzen Saal zu durchqueren. Wer mir an die Gurgel wollte, konnte es tun. Andererseits war dies meine einzige wirkliche Chance, den Saal zu befrieden. Wer bis dahin noch nicht kapiert hatte, dass hier einer klar Flagge zeigte und mit offenen Karten spielte, verstand das jetzt.

Eine schmale Gasse öffnete sich. Einige schrien Arschloch, Betrüger oder sonst was von hinten heraus. Das war zu verkraften. Ein paar knufften und schubsten, aber gewischt bekam ich keine. Ich durchquerte den Saal so sicher, wie ein Voodoo-Jünger auf glühenden Kohlen wandelte.

Am Ausgang bei der Kasse wartete ich und guckte, was passierte. Ein Drittel zog ab, der Rest blieb, so hatten wir immer noch einen gut gefüllten Saal.

54

Unsere Band allerdings machte keinen guten Eindruck. Julius schwitzte wie immer zu solchen Gelegenheiten wie ein Schwein, Henry war nur als Schatten seiner selbst, als Geistwesen im Raum, und Onkel Tom, unser schwarzer Hauptdarsteller, verlangte Schnaps zu seinem Bier. Dass sich ein so glänzender Musiker zu diesem Penner heruntergewrackt hatte, war eine traurige Geschichte. Aber so wie er dastand, hart zwischen Suff und Entzug, würde er den Abend nicht schaukeln können. Und dass sie unsere Ersatzleute nun von der Bühne hauten, das durfte man keinesfalls riskieren.

Aber was sollte ich mit diesem Kerl nur anfangen?

Mein Weihnachtsengelchen hatte mich noch nicht verlassen. *Tocktock* klopfte es mit seinen feinen Fingerchen an meinen harten Schädel und erinnerte mich an das Tütchen, das mir dieser gehässige Kommissar Dorst in die Brusttasche geschoben hatte. Ich tastete danach, und es war da, wo ich es vermutete.

Onkel Tom schmatzte und machte lange Zähne, als ich ihm damit vor dem Gesicht herumwedelte.

– Wie steht's? Kleine Anschubhilfe?

Onkel Tom nickte. Das hatte er sicher nur in seinen besten Zeiten als Gitarrenheld der Münchner Szene erlebt. Er richtete sich eine ordentliche Line hin und rollte seine Eintrittskarte zu einem Röhrchen.

– Ab in den Gully, sagte er.

Wie ein Rüsseltier hatte er das Pülverchen abgesaugt. Was mit dem Mann nun passierte, war eine komplette Verwandlung. Nun endlich erreichte er Betriebstemperatur, und alle Aggregate wurden in ihm hochgefahren. Er straffte sich, sein trüber Blick wurde geradezu flammend. Wäre es Koks gewesen, hätte man sofort dazu konvertieren mögen, aber so wurde in einem der Glaube an die menschliche Selbstbildungskraft vollgültig ins Recht gesetzt.

Tom wartete erst gar nicht auf seine Kumpanen, sondern packte die Gitarre, stürmte nach draußen in die Schlacht und stöpselte sich an den Strom an. Wegen des Gepfeifes und Gejohles hörten wir nur undeutlich, dass er etwas von *Slaughterhouse Rock* und *proud to present* ins Mikrofon brüllte. Edi stand ziemlich nahe an der Tür, Julius so einsam und traurig in der Mitte des Raumes wie das Männlein im Walde.

Aber dann tobte draußen diese drogenmäßig aufgespritzte Rampensau über die Bühne. Er drehte die Verstärker bis zum Anschlag auf und schickte donnernde Riffs wie Brandfackeln ins Publikum. Nachdem alle kapiert hatten, wo es nun langgehen sollte, wurde er feinmechanischer und begann mit einem Potpourri aus Hardrock-Nummern, die er ineinander verwob. Er glitt durch die Stücke wie ein Hochseilartist, der immer gerade rechtzeitig die nächste Schaukel erwischte. Zwischenhinein fingerte er Läufe das Griffbrett hinauf, als wollte er seine Töne die Himmelsleiter hochtreiben.

Obwohl man ihn dauernd vor sich hatte, vergaß man, dass der Kerl genauso schartig und abgewetzt wie seine ehemals glanzlackierte Gitarre aussah. Als gäbe es auf der Bühne eine magische Illumination aus dem Hintergrund, die alles verwandelte. In solchen Momenten offenbarte sich eines der großen Wunder des Rock'n'Roll, dass nämlich ein einzelner Mann mit einem Instrument, das gar nicht dafür ausgelegt ist, ein Inferno entfesseln kann.

Julius und Henry standen ehrfürchtig da.

– Raus mit euch, sagte ich.

Sie trabten los. Der dicke Onkel Tom hörte nicht auf, seine Läufe hinauf- und hinunterzupeitschen. Nach einer Weile realisierte er endlich, dass er Mitspieler bekommen hatte. Mit dem Hals seiner Gitarre gab er den Einsatz, und es jagte einem einen wohligen Schauer den Rücken hinunter, dass endlich Schlagzeug und Bass diese irrwitzige Gitarre einfingen.

Die Musik bekam Volumen und ein Gerüst, genau darauf hatte man gewartet.

Henry begann zögerlich und unsicher. Er saß in einem Beiwagen, der von einem durchgedrehten Fahrer über Stock und Stein gejagt wurde. Dann aber merkte er, dass sich Tom ohne ihn total verfranst hätte, und begann nicht nur einen Teppich zu legen, sondern zeigte, wie er wieder auf ihn herunterkam. Das wurde immer besser, ich schnaufte erleichtert durch. Henry schlug jetzt seine Tempi so präzise, dass man jede Atomuhr danach hätte stellen können.

Julius am Bass, eine Bank konnte das nie werden, aber er ließ ihn wummernd dahinpoltern wie einen Lastwagen, der über die Schlaglöcher einer Schotterstraße vorwärtsbrettert.

Das Ding war gelaufen. Diese drei Herren da vorne auf der Bühne trugen ihr Gold nicht nur um die Hüften, sondern hatten es auch im Herzen. Ob Jimmy Page an diesem Abend so aufgelegt gewesen wäre, Onkel Tom das Wasser zu reichen? Wahrscheinlich nicht. Unser schwarzer Mann lieferte nichts weniger als das Konzert seines Lebens. Vielleicht merkte das niemand, vielleicht durfte das ja auch nicht gelten, weil ich den Kerl gedopt hatte, aber an diesem Silvesterabend teilte Onkel Tom das tragische Los vieler, dass nämlich ihre Großtaten schon im Ansatz vergessen sind, weil niemand begreift, was da vor seinen Augen abläuft.

Ich zog mich in eine Ecke zurück. Über dem vielen Reden hatte ich das Trinken vergessen. Und das sollte einem an Silvester nicht passieren.

Ich legte die Beine hoch und sandte noch einen stillen Gruß zu Emma. Morgen würde ich im Nachtzug nach Messina sitzen.

Michael Fitz liest Max Bronski
DIE MÜNCHEN-KRIMIS

Wer wäre besser geeignet, Max Bronskis Gossec-Romane vorzulesen, als der Münchner Schauspieler Michael Fitz? Er wurde bekannt als der Innendienstler Carlo Menzinger im Münchner »Tatort« und stammt aus der legendären Münchner Künstlerdynastie Fitz. Fitz selbst streitet ab, Bronski zu sein, vertritt ihn aber – wie er das nennt – auf diesem opulenten Hörbuch.
»Krimis, in denen alles steckt, was man sich von München erwartet – Sterneköche, Kokshändler, Grattler, Geld. Eine Reihe, die Bayerns Hauptstadt besser auf den Punkt bringt als so mancher Gesellschaftsroman.«
SZ-Magazin

10 CDs, Laufzeit 8 Stunden, Euro 29,90 (D), ISBN 978-3-88897-693-3

www.kunstmann.de